【小説】
太田道灌の戦国決戦
～江戸城を築城・関八州平定始末記～

加藤美勝

知道出版

小説　太田道灌の戦国決戦
――江戸城を築城・関八州平定始末記

目次

目　次

【第Ⅰ部】　文武の名将 道灌

序章　江戸城の情景、山吹の里

一

今から五百六十年前、関八州に風雲急を告げる如し戦国時代の初頭―。

武蔵国豊嶋郡江戸郷（「江戸庄」。現・東京）は、天の恵みに満ちていた。

長禄元年（一四五七）丁丑《ひのとうし》、四月十八日。江戸城の西北には平河が流れている。

春の日の麗《うらら》にさして行く舟は、ゆっくりと川を下っている。平河の河口からは日比谷入江で、江戸湾に向かって豊かな海が広がる。入江では、漁師が枝付の篠竹を海中に仕掛けて白魚や海苔《の》《り》など篊漁《ひびりょう》をしていた。この篊《ひび》の字は、低湿地の谷地《やち》もあることから日比谷《ひびや》の語源にもなったという。

―太田道灌は、江戸湾に注ぐ古《こ》利根川の西南側の武蔵国と相模国を戦乱から守るため、麹町台地の東端に関八州一の江戸城を構築し入城した。

城南の眼下に日比谷入り江が見渡せる風光明媚なところだ。道灌が二十六歳のときの造営である。江戸城主となった道灌は、近習《きんじゅう》（重臣）の斎藤安元《やすもと》らを従えて神田山《かんだやま》（当時は神田に山）に立った。愛馬の武蔵《むさし》に跨《また》がり江戸城に近いこの山に来るのである。

道灌は呟く。

「わしは、なんとしてでも関八州の争乱を鎮《しず》めたいのじゃ！」

「静謐《せいひつ》（平和）の世《は》をつくりたいのだ」

と、無心に草を食んでいる愛馬の武蔵に語りかけた。

愛馬は、無類の速さを誇る連銭葦毛《れんぜんあしげ》の相州《そうしゅう》馬である。他の馬よりひと回り大きく、足がすらりと伸びている。とくに葦毛に灰色の円い斑点のまじった馬だ。

「わしが精鋭の大将として、この最速・最適の駿馬《しゅんめ》に跨り」

「足軽戦法で関八州を駆け、関東の争乱を平らげるのだ」と、意気込む。

江戸城は、日比谷入江（現・日比谷公園他）の海と、川や低湿地帯に囲まれた丘陵の高台にあり、天然の要害《ようがい》で難攻不落《なんこうふらく》を誇る。

江戸城内（現・皇居東御苑）の静勝軒《じょうしょうけん》（邸宅）の周りに数百本の「梅林坂」や隣の紅葉山《もみじやま》（皇居）、千鳥ヶ淵辺りも梅が咲き休み、今では、桜の江戸彼岸《えどひがん》（野生種で後の染井吉野の片親種）が、薄紅《うすべに》の可愛い小さな花弁《はなびら》で咲き、春爛漫を迎えていた。

江戸城の近くまで、日比谷入江の波が打ち寄せる音。西方に箱根山の上に姿を見せる秀峰富士まで望める高台である。

「眩《まぶ》しい入江と、突出《つきで》た前島の松原も観望できる」と、道灌は胸を張る。

和歌や連歌《れんが》の歌人としても知られる道灌は、静勝軒の庵で一句を詠じた。

我庵《わがいおり》は　松原つづき
海近く　富士の高嶺《たかね》を
軒端《のきばた》にぞ見る

この和歌は、道灌の和歌のうちでも、もっとも有名な一首である。

道灌は関八州一の名城といわれる江戸城内にある館《やかた》、望楼《ぼうろう》型建築様式の静勝軒《じょうしょうけん》に住んで「我庵」と、この歌を詠《よ》んだのである。

《脚注：筆者が取材に訪れた皇居東御苑の書陵部の近くに、道灌が植えたという「梅林坂」に立札があった。また、東御苑の平河門近くのパレスサイドビル前には、「太田道灌公追慕の碑」が建っていた。昭和十一年、時の東京市長牛塚虎次郎氏が建てたもので、その石碑には、先の和歌が刻まれていた》

—静勝軒の御座敷、西側からは、

「冬には、残雪の富士山。そして東側の江戸湊の船舶の航行」を遠望できる。

静勝軒の窓の上には—。

「東西に「含雪《がんせつ》」「船舶」の扁額《へんがく》（横に長い額）を掲げ—」

「南側には静勝《じょうしょう》の扁額」を掛けたのである。

そこに有名な高僧に詩文を書かせ、それを読みながら江戸城下の景色をながめ、落ち着いた風情《ふぜい》で楽しむ。静勝軒の居館の裏側には物見櫓《やぐら》と指揮所とを兼ねた二層の櫓形式の建物もある。江戸城からの遠望は、南には品河湊（品川）。東の江戸前島周辺には江戸湊、北東に浅草湊、浅草寺《せんそうじ》も見えた。江戸城直下には日比谷入江の平河湊があり、大小の商船や漁船が群がり、なかでも江戸湊の船着き場は「日々市《ひびいち》をなす」というくらい賑わった。

—道灌は、その様子を窓から微笑み見ていた。

「大小の商船の帆、夜には漁船の篝火《かがりび》が遠くに見える」

「また、各地から兵員、物資が続々と陸揚げされている」

「安房《あわ》の米、常陸《ひたち》の茶、信濃《しなの》の銅、越後《えちご》の竹箭《ちくぜん》（武器の矢竹）—」

また、次のような多種多様な物資が送られてくるのだ。

「相模の旗旌騎卒《きせいきそつ》（鳥の羽を旗竿《はたざお》の上につけた旗や指物《さしもの》を持った騎馬武者と歩兵）・士達《さむらいたち》（兵士）」である。「遠くは泉《いずみ》（大坂堺）から玉類《ぎょくるい》（たま・宝石・翡翠《ひすい》・黄玉）、珠犀《しゅさい》（象牙）・梔茜《しせい》（くちなし・あかね。香木）、筋膠《きんこう》（膠《にかわ》）、漆枲《しっし》（漆《うるし》）、糸、薬餌《やくじ》（薬科）・塩魚」

こうして、陸揚げされた物資は、廻船問屋で取引きされ、江戸宝田村の尼店《あまだな》（現・日本橋室町辺り）の店《たな》に並んで大賑わいしている。

【文献】『東京都千代田区史』および鈴木理夫著『江戸の川東京の川』を基に設計修正加筆作図

【武蔵国豊嶋郡江戸郷（江戸荘）：主な郷村落を現代の町名に解釈（東京都千代田区・中央区・港区 他）】

●江戸・前島＝◎福田村／千代田村／芝崎村（大手町一帯）◎祝田村／老月村（丸の内1～3丁目）◎日比谷本郷（有楽町）◎宝田村（丸の内～八重洲・□尼店（日本橋室町）・宝町他）◎森木村（銀座～京橋他）

●江戸・日比谷入江＝（皇居外苑・皇居前広場・日比谷公園・内幸町・西新橋・新橋・東新橋・芝大門・浜松町の一帯）

●江戸＝◎神田村（神田一帯）◎上平河村（飯田橋）◎下平河村（一ツ橋～神田神保町）◎田安村（九段）◎局沢村（皇居）◎桜田郷（霞ヶ関～愛宕下）◎日比谷村（愛宕下）◎国府村（麹町）◎一木貝塚（永田町～赤坂）◎本郷（本郷）

▲神田山（江戸期に日比谷入江の埋め立て用土にする。跡地に駿河国から移り住み「神田駿河台」の地名となる）

図－1 太田道灌時代の江戸之図・復元図（室町時代）

《図版:加藤美勝》

—ある日。道灌は神田山に立ち、近習の斎藤安元らと辺りを見晴らした。

「ここの入江の南は、古くは海や川に浸食されてできた低い土地柄だ」

「神田山から半島状に江戸湾に突き出たのが、江戸前島と呼ばれるのだ」

《脚注：後々に徳川家康が入府、神田山を削り取り日比谷入江に埋める。当時の都市開発である。山の跡地は、家康の出身地駿河から住み寄せ「神田駿河台」の地名となった》

近習の安元も話がはずむ。

「江戸前島は松林がくねり、松原遠く！　絶景ですね」

前島というところは、黒松原が続き、家の周りには風を低減させる居久根《いぐね》という防風林が植えられていた。茅葺《かやぶき》の家々が森木村（現・銀座〜京橋）の方へ続いている。

尼店辺りは、店をもうけて、商人《あきんど》や染物問屋などの商家が建ち並び繁盛していた。江戸郷の河岸は、何処を見ても茅原が繁茂し、潮間の海浜には、春の温もりを感じさせ、その光景は潮干狩りの人たちで賑わっている。砂洲（後の深川）には、黒豆でも蒔《ま》いたかのように人粒が遠くに見えた。

—道灌は、馬の手綱《たづな》を操《あやつ》り駆けだした。

「あそこの村まで、思う存分に駆けてみたいのだ」

「なあ、分かるだろう！　武蔵よ！」

平々凡々な暮らしにおさまりきれない熱い情念が突き上げてくる。間もなく祝田村《いわいだ》（現東京駅丸の内側）・老月村《ろげつ》（丸の内）の百姓地に着いた。草原《くさはら》では、春の日につられて、のんびりと野掛《のが》け（野遊び）する女たちがいた。それぞれ用意した籠に、土筆《つくし》・赤芹《あかぜり》・蓬《よもぎ》など春物を摘《つ》みいれる姿があった。若い女や背中に子どもを負《おん》ぶしている郷民。道灌は鷹狩りに出るときの菅笠《すげがさ》をかぶり、愛馬に跨《また》がり、その凛々《りり》しい侍姿に皆が手を振っている。

「あらっ！　道灌さまだ。道灌さん！」

「よもぎが、こんなにあります」

道灌は嬉しくなった…。

「おぉー。いっぱいとれたか！」

「わが江戸城にも、来たれよ！」と、気さくな道灌である。

「はーい。ありがとうございまする」と、いつもの郷民たちの姿であった。道灌は、江戸城に戻った。しかし、道灌は順風満帆ではなかった。

—江戸郷の中心地、尼店《あまだな》から街道（後の東海道）を南に行けば、

「わしの生れ故郷の鎌倉だ。ここに代々の太田屋敷がある」

鎌倉には—。

「鎌倉府の足利公方《くぼう》屋敷があり、この公方を支える関東管領上杉屋敷がある」

遥か彼方の京の都には―。

「室町幕府足利将軍家がある」

道灌は、遠くの情勢について頷いた。

「それらの方面から吹き寄せてくる、不穏な時代の風がある」

「わしの心を騒《ざわ》めかせる勘が働くのだ」

つまり、道灌にとって、上層部からの順位でみると―。

京の都に武家政権の室町幕府足利将軍があって、東国の関東を統治するのが鎌倉府（鎌倉市）の鎌倉足利公方である。その公方を支えるのが関東管領の上杉である。

上杉家には、大きく二つの流れがあった。

一つは山内《やまのうち》上杉家が代々関東管領である。もう一つは山内上杉家を支えるのが扇谷《おうぎがやつ》上杉家である。当の太田家は、扇谷上杉家の家宰《かさい》職を代々務めていた。

このように複雑な階層と職務の中に、いろいろ争乱が勃発し、太田道灌が静謐《せいひつ》（平和）の世を目論み、時には和歌を嗜《たしな》む文学の道、挙兵を重ね連戦連勝を続ける。

―現在の東京都内には、今に残る「山吹《やまぶき》の里の石碑」（新宿区西早稲田・面影橋駅付近）がある。この山吹の里伝説は、明治維新、学校の教科書にも載《の》りよく知られている。

ある日。武蔵野の茅原の原風景。鷹狩りに出かけた若き日の太田道灌が、驟雨《しゅうう》（にわか雨）に遭遇して、村のあばら家に立ち寄り、蓑《みの》を借りようとしたところ、出てきた少女は無言のまま、「山吹の一枝《ひとえだ》」を道灌に差し出した。

《脚注：蓑とは、茅《かや》や菅《すげ》・藁《わら》などの茎葉を編んで作った雨具である》

その際、道灌は怒ってその場を立ち去った。が、後で家臣から少女の行為は、次のように意味があったと言上した。

七重八重
花は咲けども
山吹の実の一つだに
無きぞ悲しき

と、先年に詠われた後拾遺《ごしゅうい》和歌集・中務卿兼明《なかつかさきょうかねあきら》親王（醍醐天皇の第十六皇子《おうじ》・平安時代中期）の和歌を、この古歌に寄せたものであった。

すなわち――。

「蓑《みの》のひとつさえ持てないかなしさを」

「山吹の枝に託したものです」と、家臣から聞かされて道灌は、自分の無学を恥じ、それ以降和歌に精進した…。

この事情は、少女の家に蓑がないことを、ヤマブキに実《み》がつかないことを例えたものである。

現代において太田道灌という人について詳しく知っている人は少なくても、この「山吹の里」伝説は、多くの人に知られていることであろう。

▲太田道灌 銅像
（朝倉文夫:先生作）
千代田区 丸の内
（東京国際フォーラム内）

▲「山吹の里」の太田道灌 銅像
（山本豊市:先生作）
新宿区 新宿中央公園内

▲太田道灌 騎馬像
（橋本活道:先生作）
荒川区 日暮里駅前

東京都内の太田道灌 銅像 建立地

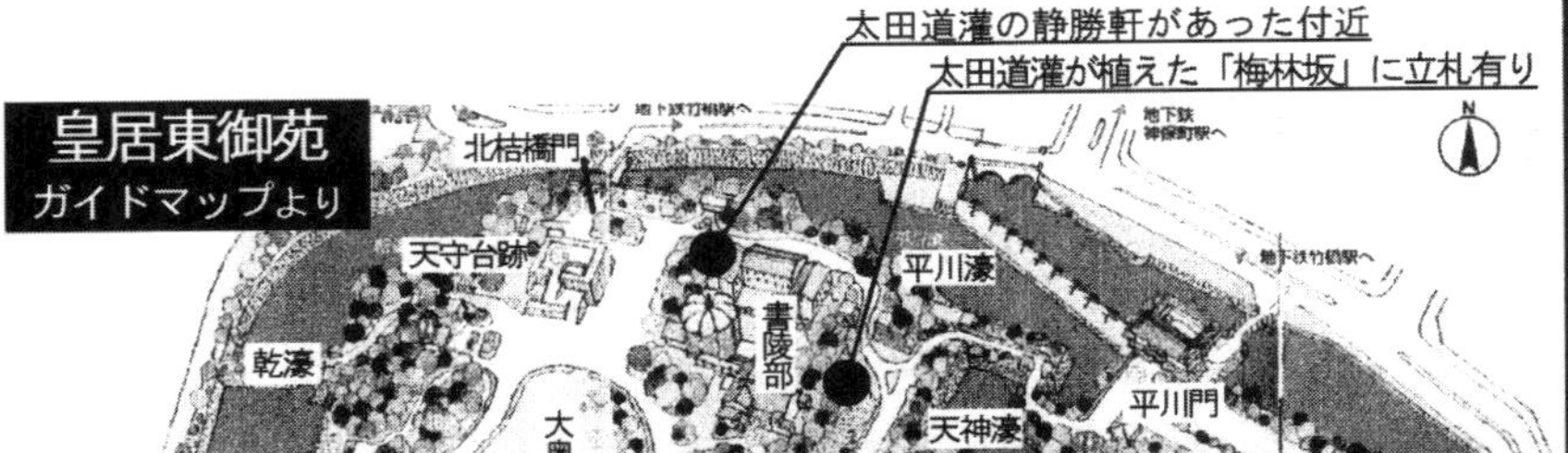

皇居東御苑 太田道灌の江戸城跡現況(東京都千代田区)

□資料提供:宮内庁・皇居東御苑ガイドブック(一般用)」（公）菊葉文化協会より。
□取材協力::東京都庁、千代田区役所・新宿区役所・荒川区役所 他。 《図版:加藤美勝》

図-2 太田道灌の江戸城跡、銅像

「山吹の里」伝説の実相とは、いかなるものか、そして太田道灌の時代で、どの時代の場面なのかは、まだ、はっきりとしていない。はっきりしていないのも重ね、道灌を偲ぶのである。この山吹の里の伝説については、証明に値する証拠となる文書《もんじょ》は見つかっていない。

現在、早稲田大学からほど近い、神田川の桜並木の中に「面影橋」という橋がかかっている。面影橋を新目白通りから渡ったところに、ひっそりと「山吹の里」の石碑がある（豊島区高田一丁目）。この「山吹の里」伝説、湯浅常山《ゆあさじょうざん》が記した「常山紀談」の中の一節から一般に広まったといわれている。湯浅常山は江戸時代中期の備前岡山藩士で儒学者である（一七〇八―一七八一年）。

この「山吹の里」伝説は各地に残っている―。

東京都内には前述の「山吹の里の碑」をはじめ、「山吹の里公園（豊島区）」、「太田道灌駒繋松（新宿区西早稲田）」。荒川区の「山吹の塚・泊船軒」。新宿区の「久遠の像・道灌と少女の像（新宿中央公園）」、「紅血の碑・大聖院（新宿区）」。横浜市金沢区の「六浦の山吹の里」。埼玉県越生町《おごせ》の「山吹の里歴史公園」。長野県佐久市の「久遠の像・道灌と少女の像（佐久市立図書館）」などがある。

このように、道灌の足跡《あしあと》が各地に残り、現代の日本人には少なくなった大志と強い意志を持った行動者であったということである。道灌は戦国初期の関八州の郷士を愛し挙兵、安寧秩序という大義のため、自己保身の道を去り、大きなリスクを取ってロマンを追う道を敢えて進んでいくのである。そのことにより道灌は、足軽衆から国人衆（豪族）に至るまでの幅広い支持を集め、急速に勢力を拡大していくのであった。

戦国時代の初頭から初期にかけての太田道灌の時代は、後々に天下人となった織田信長・豊臣秀吉・徳川家康など、まだ誕生していない。道灌が没して四十八年後に信長が生まれた。その後、ポルトガル人が種子島に漂着、鉄砲が日本に伝来した。道灌は、まだ鉄砲がない時代に、独自に編み出した足軽戦法で、関八州の原野での野戦、山岳戦、籠城《ろうじょう》戦に挙兵するのである。

なお、本書の太田道灌は幅広い登場人物が多い故、編年体の歴史小説を綴っております《編年《へんねん》体《たい》とは、歴史編纂《へんさん》の一体裁で年月の順を追って記すもの》。

第一章　天然の要害鎌倉

一

鎌倉は、東・北・西の三方を崖山で囲まれていた。

南は相模湾に面した天然の要害である。太田道灌はここ鎌倉に生まれたのである。

東・北・西のいずれから鎌倉に入るとしても「鎌倉七口《ななくち》」と呼ばれる山を切り開いた切通《きりどおし》（狭小な崖道）を通らねばならず、戦略的に防禦《ぼうぎょ》のしやすい土地柄である。

鎌倉七口とは―。

「極楽寺坂《ごくらくじざか》切通し・大仏《だいぶつ》切通し・化粧坂《けわいざか》・亀ケ谷坂《かめがやつさか》」

「巨福呂坂《こぶくろざか》・朝夷奈《あさいな》（朝比奈《あさひな》）切通し・名越《なごえ》切通し」と、呼ばれている。

鎌倉には、今に残る「扇ガ谷《おうぎがやつ》」という地名があり、太田氏の屋敷（跡）がある。

現在の鎌倉駅と北鎌倉駅の間、線路沿いの山際一帯に広がる地域である。「鎌倉五山」第三位の壽福寺《じゅふくじ》は鎌倉駅側の扇ガ谷のはじまりに位置し、先年の鎌倉時代に源頼朝《みなもとのよりとも》の父である義朝《よしとも》の邸宅があった所である。頼朝が鎌倉入りしたとき、最初に自分の住まいをここに建てようとしたが、すでに義朝の菩提を弔うお堂が建てられていたため断念したという。

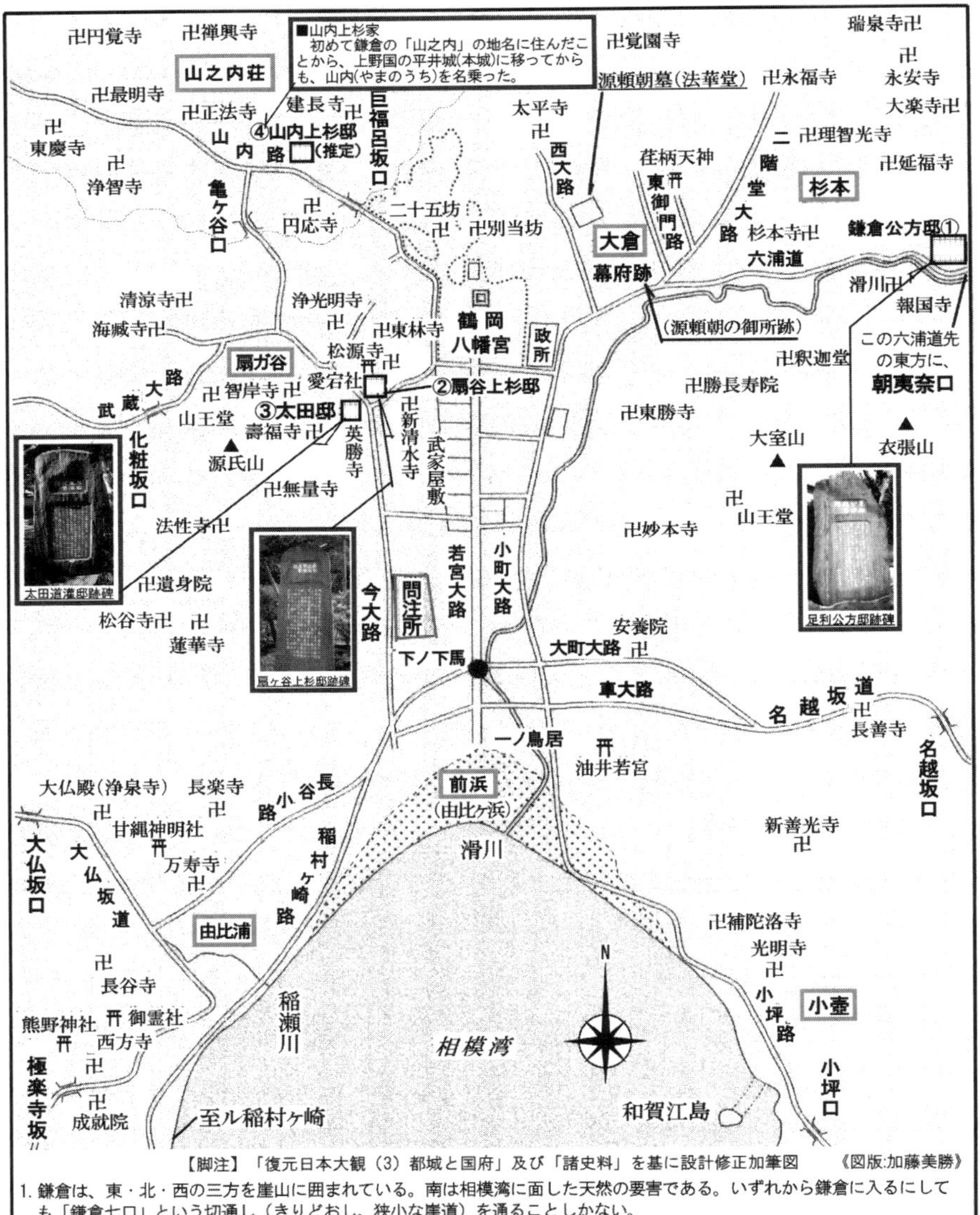

【脚注】「復元日本大観（3）都城と国府」及び「諸史料」を基に設計修正加筆図　《図版:加藤美勝》

1. 鎌倉は、東・北・西の三方を崖山に囲まれている。南は相模湾に面した天然の要害である。いずれから鎌倉に入るにしても「鎌倉七口」という切通し（きりどおし。狭小な崖道）を通ることしかない。
2. 鎌倉七口とは、極楽寺坂切通し・大仏切通し・化粧坂・亀ヶ谷坂・巨福呂坂・朝夷奈（朝比奈）切通し・名越切通しのこと。
3. 図の①は、鎌倉公方邸（足利公方邸）/鎌倉市浄明寺4-3付近。②は、扇谷上杉邸（扇谷上杉管領屋敷）/鎌倉市扇ガ谷 2 ③は太田邸（太田道灌屋敷）/鎌倉市扇ガ谷1-16-3（後に英勝寺建立）
4. ④山内上杉管領屋敷（跡）は「神奈川県史通史編Ⅰ」によると、発掘調査ではなかった。疎水の西側と推定されている。

図-3　太田道灌時代の鎌倉之図・復元図(室町時代)

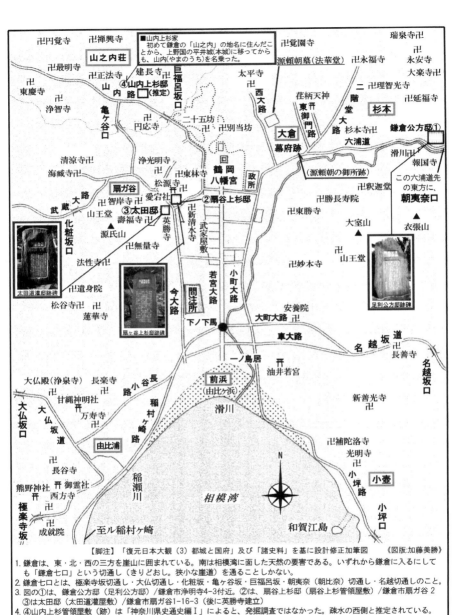

頼朝もお気に入りの地・扇ガ谷は、海蔵寺《かいぞうじ》から英勝寺《えいしょうじ》付近の範囲で、この地域の総称を鎌倉七口の一つ「亀ヶ谷坂」や「壽福寺」の山号「亀谷山《かめがやつやま》」でもわかるとおり「亀ヶ谷《かめがやつ》」とも称されていた。

後々の江戸時代に、英勝寺は徳川家ゆかりの尼寺として建立された。海蔵寺は上杉家が再建した。いずれも、敷地が広い寺と急な坂道で、格式の高い古刹《こさつ》が点在するところだ。

英勝寺は、太田道灌の子孫で、徳川家康に仕えたお梶《かじ》の方（後にお勝に改名）が先祖の供養と後生《ごしょう》を祈るために開いたもので、鎌倉に現存する唯一の尼寺である。

先年の鎌倉時代には、相模国鎌倉郡鎌倉は日本の政治において最も重要な位置のひとつを占めていた。鎌倉幕府初代将軍源頼朝がここを拠点としたのは、父祖ゆかりの土地であったとともに、天然の要害という地理的条件による部分が大きかった。

鎌倉時代中期のころ、太田氏の主君に当る上杉氏が建長四年（一二五二）、鎌倉幕府第六代将軍宗尊親王《むねたかしんのう》（後嵯峨《ごさが》天皇第一皇子、皇族での初めての征夷大将軍《せいいだいしょうぐん》）の将軍就任のため鎌倉に下向《げこう》する際、公家《くげ》であった上杉重房《しげふさ》（上杉氏始祖）が親王に従って下向してきたのがはじまりである。

元々、上杉氏の苗字（名字）の地は丹波国何鹿郡上杉荘《たんばのくになにしかぐんうえすぎのしょう》（現・京都府綾部市上杉）が発祥の地で藤原北家の流れを汲み、京都の中級公家の家柄である。そして、上杉氏は、足利氏の姻戚として勢力を伸ばしていく。

室町時代に入り上杉氏は、鎌倉府（鎌倉市）にあって、鎌倉公方の執事となり、次いで関東管領の職を世襲していく。上杉重房は宗尊親王が鎌倉を追放された後も鎌倉に留まり、武士として鎌倉府に仕えていた。

この上杉の祖・重房は、足利氏と婚姻関係を結び、重房の孫清子は、足利貞氏《さだうじ》に嫁ぎ、後の室町時代に将軍となる尊氏《たかうじ》や直義《ただよし》を生んでいる。

一方、太田家の始祖は、清和源氏の流れを汲む源頼政《みなもとのよりまさ》の孫・隆綱《たかつな》―国綱《くにつな》―資国《すけくに》と続き、代々丹波国五ケ荘《たんばのくにごかのしょう》（京都府南丹波市日吉町）を領地としていた。

資国の時、丹波の太田郷（京都府亀岡市稗田野《ひえたの》町太田）に移住した。はじめて太田姓になったのである。

これより太田氏の始祖は太田資国にはじまる。丹波の太田郷は上杉荘《うえすぎのしょう》に属し、資国は荘の地《じ》頭《とう》で上杉重房（蔵人）に仕えた。この上杉が後に関東管領になった上杉氏である。

ここで太田家の始祖を整理すると―。

「資国＝資治→資兼→資益→資通→資房→資清（道真）→資長（道灌）→資康」である。

《脚注：太田氏の系図には、幾つかの説があり事跡がよくわからない。右に列挙した略系図は「別本太田系図」で示したものである。他の系図には見えない資益→資通の二代が見える。資益は、受領名大和守で元亨《げんこう》のころ（一三二一～一三二三年）の人物といい、その子資通は、康安《こうあん》元年（一三六一年）関東公方足利基氏《もとうじ》から父の遺領である武蔵国小机・稲毛・広沢・岩淵・

志村・中村の地を賜り、永和四年（一三七八年）に没したという。資通の所領は、武蔵国の橘樹《たちばな》郡（川崎市域）・豊嶋郡（東京都東部）・多摩郡（東京都西部）の三郡にまたがり、一般にいわれる相模太田氏とは異なる武蔵太田氏のあったことを伝えている。いずれにせよ、太田氏は南北朝以来とくに、太田道真と道灌父子のころに至って大いに名を顕《あらわ》した》

二

鎌倉幕府滅亡から五年後の暦応《れきおう》元年（一三三八）、京では足利尊氏が光明天皇から征夷大将軍に任ぜられ「室町幕府」は名実ともに成立する。

—世は室町時代（一三三八〜一五七三年）に替わった。すなわち、京都に武家政権が誕生した。室町時代をはさむ南北朝時代（一三四五〜一三四九）の元号は貞和《じょうわ》である。その貞和五年（一三四九年）には、鎌倉へ足利尊氏の四男・基氏《もとうじ》が派遣されてきた。この年、室町幕府は関東分国統治のために、「鎌倉府」を設置する。

関東分国とは—。

「上野国《こうずけのくに》・下野国《しもつけのくに》・常陸国《ひたちのくに》・武蔵国《むさしのくに》・上総国《かずさのくに》・下総国《しもうさのくに》・安房国《あわのくに》・相模国《さがみのくに》・伊豆国《いずのくに》・甲斐国《かいのくに》（こ

れは現在の関東地方と伊豆半島・山梨県が含まれる)。後には、陸奥国《むつのくに》・出羽国《でわのくに》(現在の東北地方も追加された)」。

室町幕府は、東国支配のための出先機関として鎌倉府を設置し、その首長には「足利基氏が初代の鎌倉公方《くぼう》」になった。

《脚注:他に、関八州《かんはっしゅう》とは、上野《こうずけ》・下野《しもつけ》・常陸《ひたち》・武蔵《むさし》・上総《かずさ》・下総《しもうさ》・安房《あわ》・相模《さがみ》の八カ国を指す》

一方、上杉氏は、南北朝時代に入ると—。

「犬懸《いぬがけ》・山内《やまのうち》・扇谷《おうぎがやつ》・宅間《たくま》」の上杉四家に分かれた。

そのうち、宅間上杉家は、はじめ浄明寺《じょうみょう》(鎌倉市の町名。浄妙寺《じょうみょう》に由来)の地に本拠を持ったが、早くも衰え相模国永谷(横浜市港南区)に移った。

犬懸家は禅秀《ぜんしゅう》の乱(後の応永二三年)を起こして没落し、代って山内家が上杉氏の宗家《そうけ》(本家)となり力をもっていく。

上杉の一族に山内の宗家をはじめ、犬懸・宅間と並ぶ「扇谷家」は、鎌倉に屋敷があったので、地名に由来して扇谷上杉と、称したのである。

「世間では、この地に住んだので扇谷殿《おうぎがやつどの》」と呼んでいたという。

「その後、昔の亀ヶ谷という地名がすたれ、扇ガ谷という地名」で呼ばれるようになった。

「扇谷家は山内家に協力し活躍を示すが、山内家と比べるとまだ低い位置」にあった。

この扇谷家に仕える太田氏祖先である——。

「太田資房《すけふさ》（道真の父・道灌の祖父）の時代ころから仕える」ようになった。

京の足利尊氏は、鎌倉府には嫡男の義詮《よしあきら》を置くが、足利家中《かちゅう》で権勢を得ていた山内上杉家の祖で、上杉憲顕《のりあき》が執事となり義詮を補佐することになる。

現在のＪＲ横須賀線踏切近くの英勝寺前には、「扇ヶ谷上杉管領屋敷跡碑」が建てられている。

当上杉の屋敷は臨済宗壽福寺の東、華光院（廃寺）の門前にあったという。

寿福寺の北側には——。

「太田道灌邸旧跡の碑（後に建立された英勝寺の敷地。太田屋敷跡の碑）」が建っている。

鎌倉市の東部、六浦道（金沢街道）沿いにある浄妙寺の東側一帯には足利公方屋敷が構えられ、足利尊氏やその子孫が居住したところである。この屋敷に鎌倉府が置かれていた。なお、浄妙寺は臨済宗建長《けんちょう》寺派、鎌倉五山の第五位の仏教寺院で開祖（創立者）は、足利義兼《よしかね》である。

三

このように相模国鎌倉郡鎌倉は、東国《とうごく》（坂東《ばんどう》）の関東分国を統治するため、京の室町幕府から派遣された鎌倉府の公方屋敷。これを補佐する関東管領の山内上杉家の屋敷と扇谷上杉家の屋敷。扇谷上杉家の家臣・家宰《かさい》職の太田屋敷が構えられていたのである。

太田氏は──。

「父道真と道灌の代々、京の将軍家・鎌倉公方、山内上杉家と扇谷上杉家」との狭間《はざま》にあった。

複雑な人間関係など、戦国初期の世を生き抜くこととなる。

応永元年（一三九四）十二月──。

「鎌倉の鶴岡八幡宮《つるがおかはちまんぐうせんぐう》遷宮で地奉行を務める扇谷上杉氏定《うじさだ》の被官《ひかん》の──」

「太田が、鎌倉での史書にはじめて見える」（『鶴岡諸記録』）。被官とは、中世では上級武士に下属《げぞく》して家臣化した下級武士のことである。この「太田」が道灌の先祖であると伝えられている。応永十六年（一四〇九）、第四代鎌倉公方に足利持氏《もちうじ》（第三代足利満兼の子）が就任した。

そして、二年後の応永十八年（一四一一）──。

「太田資房《すけふさ》の子・道真が誕生した（太田道灌の父）」

「幼名・源六郎。実名・資清《すけきよ》。法名・道真《どうしん》」である。

応永二十三年（一四一六）十月──。

「関東管領の犬懸上杉家の上杉禅秀《ぜんしゅう》（氏憲《うじのり》）が鎌倉公方の足利持氏に対して」

「持氏の処遇に不満をいだき叛乱《はんらん》を起こす」（上杉禅秀の乱という）

「持氏は、禅秀の家臣の所領を没収し、山内《やまのうち》上杉憲顕《のりあき》を関東管領とした」

このころ、伊豆大島が噴火した。人々は不安におちいっている最中《さなか》、禅秀は、持氏に対して叛乱を起し、鎌倉とその周辺は、関東のほとんどの領主をまきこみ戦乱につつまれる。

―禅秀方《かた》には、武蔵七党の児玉《こだま》党・丹《たん》党のほか、大類《おおるい》・荏原《えばら》・蓮沼《はすぬま》・別符《べっぷ》・玉井《たまい》・瀬山《せやま》・甕尻《みかじり》などの諸氏がついた。

鎌倉公方足利持氏方には、江戸《えど》近江守・安保《あぼ》豊後守・長井藤内《とうない》左衛門のほか、加治《かじ》・金子氏などが加わった。さらに、他の氏族たちは、曽我《そが》・中村・土肥・土屋氏は禅秀につき、持氏方には梶原《かじわら》・三浦氏がつき、それに松田・河村・波多野《はたの》・広沢氏らの軍勢を加え、鎌倉の前浜、藤沢、飯田や瀬谷の台地の原、河村城（足柄上郡山北町山北）で激戦があいつぎ、持氏方の勝利となった。

最終的には、室町幕府第四代将軍足利義持《よしもち》は、持氏《もちうじ》の救援を支持し、北からは上杉房方《ふさかた》、西からは今川範政《のりまさ》を中心とした幕府軍が攻め寄せた。

禅秀は防戦したが、配下の武将たちが次々と離反に及んで遂に力尽き、応永二十四年（一四一七）一月十日、鶴岡八幡宮の雪ノ下で自害する。

一時的とは言え鎌倉を舞台にした政変劇において、反政権側で同地を掌握したのは上杉禅秀だけである。この乱は三カ月天下となり世間から揶揄《やゆ》され、犬懸上杉家は禅秀の乱で没落した。

―犬懸家に代って、今度は山内家が宗家（本家）となり力を持った。

扇谷家は山内家に協力し活躍を示すほかない。この扇谷家に太田道真の父・資房《すけふさ》が仕えるようになった。上杉氏は、その一族に山内宗家をはじめ犬懸、宅間と並ぶ扇谷家である。

応永二十三年（一四二〇）、山内上杉憲実《のりざね》（越後守護房方の三男）が鎌倉公方を補佐する関東管領に就任した。京の室町幕府の出先機関である鎌倉府の「鎌倉公方」は、代々京の室町幕府から自立する行動を起こし、対立を深めてしまう。

鎌倉公方というのは、京の足利将軍から任命される正式な幕府の役職ではなく、いま、鎌倉を留守にしている「足利将軍の代理」に過ぎない。その鎌倉公方を補佐するのが「関東管領」という職柄であった。

—元々、第四代鎌倉公方足利持氏は野心家だった。

本家にあたる京の室町幕府足利家とは事あるごとに対立し、あわよくば自らが京に上り、将軍位に就くことを望んでいたふしも見受けられる。本来、諸国の守護任命権は幕府の将軍にある。しかし、持氏は鎌倉府に属する甲斐《かい》や常陸国《ひたちのくに》などの守護任免を意のままにしようとし、関東に独自の支配体制を築き上げようとしていたので問題化した。

そんな持氏に歯止めを掛けようとしていたのが、「関東管領」の山内《やまのうち》上杉家の上杉憲実であった。持氏は憲実を疎《うと》んじ、あわよくば憲実を除こうとしたため、対立は深まるばかりであった。

正長《せいちょう》元年（一四二八）、持氏は京の足利将軍義持《よしもち》が急死し、くじで義教《よしのり》が第六代将軍位につくと、自身も将軍の候補の一人として正長の年号が永享《えいきょう》に改元されても永享の元号を使わないなど、義教と対立していく。翌年の正長二年（一四二九）、足利義教は正式に室町幕府第六代将軍に就任した。その後、持氏は、幕府や将軍に対する敵意をますます強めていった。永享四年（一四三二）、足利義教は、持氏追討の軍勢を駿河に差し向け下向し、持氏は、鶴岡八幡宮に血書《けつしょ》で武運長久《ぶうんちょうきゅう》・子孫繁栄を祈り、怨敵《おんてき》を呪詛《じゅそ》し関東の繁栄を願って大勝尊勝の等身仏を造立し、関東の独立に向かっていく。

《脚注：太田道灌の誕生地は諸説あるが、本書では相模鎌倉の太田屋敷として綴る》

第二章　鎌倉に太田道灌誕生

一

ちょうど、室町幕府第六代足利将軍義教《よしのり》が鎌倉公方足利持氏《もちうじ》追討令を出した不穏なこの年のことである。

太田道灌は、父道真《どうしん》（資清《すけきよ》）の嫡子《ちゃくし》として永享四年（一四三二）、鎌倉扇ガ谷《おうぎがやつ》の地・太田屋敷の館《やかた》で生まれた。その館は、今の英勝寺（英勝寺＝江戸期に建立。鎌倉市扇ガ谷一丁目）の所である。父の道真（二十一歳）が小姓《こしょう》らを引き連れ、早朝の鎌倉前浜《まえはま》（由比ケ浜《ゆいがはま》）での乗馬訓練から帰り、厩《うまや》（馬小屋）の前にいた時である。

「男子《おのこ》のご誕生にございます」

「ご丈夫そうなお子様です」

「お方《かた》様もお元気です」

侍女が庭に出てきて、ひざまずき知らせてくれた。

「おう、左様か、男子か。ありがとう」

「なによりだ。よかった」

「はい、大きな産声を上げておられます」

「直ぐに、産所に参ろう」

侍女は、小声で…。

「暫し、ご経過の上、お越しくださいますように…」

「そうだ、わしは、祝の和歌でも考えるぞ」

侍女が、答える。

「では、わたくしは、ここで失礼いたします」

侍女は、奥へ下がった。

幼名を鶴千代丸、長じて持資《もちすけ》、元服して資長《すけなが》、剃髪後に道灌と名乗った。「道灌状」によれば、道灌と号したのは四十八歳以後のことだという。

鎌倉公方を補佐する関東管領上杉氏の一族である扇谷上杉家の家宰《かさい》職を務める父・太田道真の嫡男として生まれたのである。

母は長尾景仲《かげなか》の娘である（本書では修子の仮名）。

鶴千代丸（道灌）は、鎌倉の地で幼少期から青年期を過ごす揺籃《ようらん》時代（揺り籠時代）を鎌倉で過ごした。

道灌が生まれて翌年。永享五年九月十六日（西暦一四三三年十一月七日）、「永享・鎌倉地震」が発生した。

《脚注：「現代の理科年表・国立天文台編」によると、地震の規模は、M7・0以上、発生時刻0時頃、震源断層・相模トラフ。鎌倉で極楽寺塔の九輪が落下、築地崩れ等（堂社顛倒・死者・山崩れ）多数。相模大山（鎌倉大安寺）で仁王の首が落ちた。古《こ》利根川（当時、江戸湾に注いでいた）の水が逆流した（津波か）と記載されていた》

鶴千代丸も生後一歳前後になるが、何とか鎌倉地震も親子共々乗り切り成長していく。そして、十一歳の時、持資、その後資長と変える。この小説では、混乱するので一般にいわれている剃髪後の法名《ほうみょう》「道灌」で通させていただく。

父の道真は、上杉持朝《もちとも》に仕え家宰職とともに相模守護代を務める。若年より文武に励み、優れた武将だといわれ、関東の諸将に人望が厚い。

関東の武将たちは―。

「われら、道真殿に従う」

と、草木が風になびくように次々と臣従《しんじゅう》していった。道真は和歌に優れ、後にやはり有名歌人となる嫡子道灌（資長）よりも、この道では勝っているようだ。

父道真は、永享年間（一四二九～一四四一）に、将軍足利義教に謁見《えっけん》するために家臣の高築次郎左衛門《たかつきじろうざえもん》を供《とも》に上洛した。その際、高築が武技を見せ、賞賛を受け、褒美《ほうび》として、道真は武蔵国足立郡与野郷《よのごう》（さいたま市中央区与野駅周辺）と笹目郷《ささめごう》（埼玉県戸田市笹目周辺）を拝領したのである。高築は、道真の信頼厚き指揮官であった。

『永享記』などによれば、鶴千代丸は、永享十二年（一四四〇）の九歳から嘉吉《かきつ》二年（一四四二）の十一歳まで鎌倉五山《ござん》（一説によれば建長寺）の学所に入って学問を学び、特に和歌・漢詩の才に優れていた。その後も和漢の詩歌をはじめ軍学などの学問に精通したことが伝えられている。それから足利学校（栃木県足利市）でも学んだとある。

―道真にとって、鶴千代丸（道灌）は自慢の子であった。

鶴千代丸は、父の勧進《かんじん》で十一歳まで建長寺に入って勉学に励み、名も持資《もちすけ》と改まった。持資は、際立って仏教・儒学・漢詩文・天文などに深い感心を示し、その英才ぶりは五山の学僧たちを驚かせるほどの能力を発揮する。

《脚注：鎌倉五山とは、わが国の臨済宗のうち、臨済宗の寺院を格付けする制度。鎌倉幕府の第五代執権、北条時頼のころ、中国の五山の制度に倣《なら》って導入された。京都と鎌倉にそれぞれ五山がある。その上に最高別格として、「南禅寺（京都市）」が置かれた。鎌倉五山は、建長寺（第一位）・円覚寺（第二位）・壽福寺（第三位）・淨智寺（第四位）・淨妙寺（第五位）である》

持資（道灌）は、特に暗記力が抜群で漢語の難解な文字や文章もすぐに一度で覚えた。筆記力も抜群、それも復唱できる。何といっても、勉学に際して暗記力が大事なことは今も昔も変わらないものである。

二

鎌倉公方足利持氏《もちうじ》と関東管領上杉憲実《のりざね》。この二人の決裂が決定的となったのは永享十年（一四三八）六月の事変である。

足利持氏の嫡子・賢王丸《けんおうまる》の元服に際して、これまでの慣例では、鎌倉公方は元服の際に本家である京の将軍の諱《いなみ》から一字を賜るはずであった。しかし持氏は第六代将軍・足利義教《よしのり》（第三代将軍・足利義満の五男）にそれを求めず、賢王丸を義久《よしひさ》と名乗らせたのである。関東管領の上杉憲実は慣例に従うよう諫《いさ》めたが持氏が耳を貸そうとともせず、義久の元服式を強行する。

憲実は――。

「忠義として（足利持氏の）誤りを正そうと諫めるが」

「それを不忠として討たれることは、末代までの恥辱である」

と、嘆き、身の危険を感じ同年八月十四日に鎌倉を脱出し、幕府に保護を求めた。

そこで将軍義教は、これを持氏討伐の絶好の機会ととらえ、さっそく、八月二十八日付けで後花園《ごはなぞの》天皇の綸旨《りんじ》（勅命）をうけて――。

「二万五千余」の軍勢を関東に派遣する。いわゆる「永享の乱」である。

憲実の幕府方が「官軍」となり、持氏方が「賊軍」との位置づけが成されたことになり、即座に幕府軍が編成されたのである。

―この頃、鶴千代丸（道灌）は、まだ六歳であった。父・道真（資清）は、扇谷上杉家の家宰を務め相模守護代という役柄。道真の主君は扇谷上杉家であったが、山内上杉家の憲実《のりざね》軍に味方することになった。

同年九月になると―。

「上野国において憲実軍と一色軍」

「相模国においては、幕府軍と持氏軍」と、二カ国で戦闘がはじまり戦線が拡大していく。

太田道真は―。

「憲実軍に加わり」

「持氏残党の一色直兼《いっしきなおかね》らを討伐し軍功を」上げる。

直兼は、幸手《さって》一色氏の嫡流《ちゃくりゅう》（総本家の家筋）で、道真の家臣である。

相模国西部においては―。

「幕府方の討伐軍二万五千余に膨れた連合軍は―」

「持氏軍を箱根山、箱根口・風祭《かざまつり》・早川尻《じり》（小田原市）で討ち破る」

「この幕府・関東管領の連合軍の勢いに―」

「持氏軍方だった三浦時高《ときたか》（相模三浦氏当主・三浦郡三崎城（新井城））が寝返り」

「十月初旬に鎌倉に攻め入って、焼き討ち」にする。

そして軍勢を率いた上杉憲実が十月十九日に―。

「武蔵国分倍河原《ぶばいがわら》（府中市）に着陣」した。

「これを知った持氏の本陣では、投降する者や寝返る者があとを絶たず」

わずかに残ったのは譜代の近臣や宗徒などだけである。

《脚注：分倍河原というところは、百五年ほど前の鎌倉時代後期に、北条泰家率いる鎌倉幕府勢と新田義貞率いる反幕府勢との間で行われた「分倍河原の戦い」の合戦場でも有名なところである》

敗走する足利持氏は十一月二日――。

上杉憲実の家宰・長尾忠政と相模国高座郡葛原《くずはら》（藤沢市葛原）で遭遇して降参した。持氏は、讒臣《ざんしん》（目上の人を悪く言う家臣）を退けるという約束で保護を受け、出家していた。しかし京の室町幕府は、憲実に対し、保護下にある持氏の助命を願いでたが、将軍・足利義教はこれを赦《ゆる》さないどころか、持氏を誅伐《ちゅうばつ》（罪ある者を攻め討つ）しなければ憲実をも罰に問う、という強硬な態度を示したのである。

やむなく憲実は、上杉持朝《もちとも》・千葉胤直《たねなお》に軍勢をつけて持氏のいる鎌倉の永安寺《ようあんじ》を攻めさせた。結局、持氏は幕府の大軍に攻められて敗北。翌年二月、鎌倉の永安寺で自害した。こうして、九十年前、初代鎌倉公方足利基氏が就任して以来、四代、約一世紀近くにわたって関東に君臨してきた鎌倉公方は、ここにいったん滅亡した。永享十一年（一四三九）二月十日のことであり、このときに稲村公方《いなむらくぼう》の足利満貞《みつさだ》も共に果てた。また、持氏の嫡子・義久も二月二十八日報国寺にて自害した。

関東管領山内上杉憲実は戦後――。

「主君足利持氏を滅ぼしたという自責の念から――」

「子達と共に政務から引退し、弟の上杉清方《きよかた》が関東管領の代行」となった。この乱で活躍した上杉持朝は、山内上杉憲実方につき勝利し、修理大夫《しゅうりだゆう》に任ぜられ相模守護となった。持朝の一族は、鎌倉扇谷に相模守護所居館を構えた。これより、扇谷上杉と呼ばれる。持朝は、さらに相模国大住郡糟屋庄《おおすみぐんかすやのしょう》（伊勢原市）に扇谷上杉館・糟屋館を構築する。山内上杉憲実は政務から引退後、後事を弟の上杉清方に託して、伊豆国清寺に出家し雲洞庵長棟高岩《うんどうあんながむねこうがん》と称した。

三

翌年、永享十二年（一四四〇）二月十七日付。京の室町幕府足利将軍義教《よしのり》が武蔵武士の安保《あんぼ》宗繁《むねしげ》に――。

「関東の事、雑説《ぞうせつ》（雑多なうわさ）これありと云々、現形《げんぎょう》（形をあらわにする）せしむれば時日を廻らさず馳《は》せ向かい、忠節を抽《ぬき》んずべし（安保文書《もんじょ》）」と、指示しているように、関東の状況はその後もなお不穏であり、不安定がつづいた。

「案の定」同年三月―。

「持氏遺児の安王丸《やすおうまる》・春王丸《はるおうまる》が結城氏朝《ゆうきうじとも》に擁立され、鎌倉公方の再興を目指して」下総国結城城（茨城県結城市）で、挙兵した（結城合戦）。

すなわち、室町幕府に対して叛乱を起こしたのである。これに対し幕府・上杉（山内上杉清方、扇谷上杉持朝）の連合軍は将兵二万余で進軍。引退していた憲実《のりざね》も参戦し指揮を執った。―太田道真も扇谷上杉持朝に従って攻撃に参加する。それに引き換え結城《ゆうき》城の籠城《ろうじょう》兵力はきわめて少ないものの結城城の守備は堅く、包囲軍は越年になった。

籠城軍は食料が不足し、ついに嘉吉《かきつ》元年（一四四一）四月十六日に落城となり、結城氏朝以下の兵は戦死した。女装して城を脱出した安王丸、春王丸もとらえられ、京都に送られる途中、美濃垂井《たるい》（岐阜県不破郡垂井町）で、将軍義教の命により斬られた。二人は十二・十三歳の若年であった。なお、竜興寺《りゅうこう》（埼玉県加須市）には足利持氏・春王・安王の供養塔が今に残る。

混乱する政治情勢のもと。関東での実権は隠退《いんたい》したはずの山内上杉憲実が掌握していた。関東の状勢は、守護級の武士、国人、農民など各属を含め、大転換期に差し掛かっていた。山内、扇谷の両上杉家をはじめ去勢者に高度な政治能力が要求されていた。しかし、そのような人物は現れず、対立激化する騒乱が続く情勢であった。

永享の乱、結城合戦のころ、太田道灌は、まだ七歳から十歳のことで、鎌倉五山で勉学に励む少年期である。

—そして、二カ月後の嘉吉元年（一四四一）六月二十四日の白昼。京の都では、足利将軍暗殺の「嘉吉の乱」が勃発した。

事の起こりは、播磨《はりま》・備前《びぜん》・美作国《みまさか》の守護赤松満祐《みつすけ》の子の教康《のりやす》は、結城合戦の祝勝の宴として松囃子《はやし》（赤松氏伝統の宴能）を献上したいと称して、京の西洞院《にしのとういん》二条（京都市中京区）にある邸《やしき》へ、将軍足利義教を招いていた。

「このたび、鴨《かも》の子が沢山できたので—」

「泳ぐさまを、ご覧ください」と、招いた。

同席したのは、室町幕府管領・細川持之《もちゆき》、畠山持永《もちなが》、山名持豊《もちとよ》、一色教親《いっしきのりちか》・細川持常《もちつね》、大内持世《もちよ》、京極高数《たかかず》、山名熙貴《ひろき》、細川持春《もちはる》、赤松貞村《さだむら》で義教の介入によって家督を相続した者たちであった。他に公家、義教の正室なども随行している。

一同が猿楽《さるがく》（申楽）を観賞していたその時、にわかに馬が放たれ、屋敷の門がいっせいに閉じられる大きな物音が轟いた。

癇性《かんしょう》（神経過敏な性質）な義教は—。

「何事であるか」と、叫ぶ。

傍らに座していた公家の正親町《おおぎまち》三条実雅《さねまさ》は—。

「雷鳴《かみなり》でありましょう」と、舌気《どんき》に答えた。

その直後、障子開け放たれるや甲冑《かっちゅう》を着た武者たちが宴の座敷に乱入。赤松氏随一の剛《ごう》の者・安積行秀《あづみゆきひで》が播磨国の千種鉄《ちぐさてつ》で鍛えた業物《わざもの》を抜くや、義教の首を刎《は》ねてしまった。

「宴席の席は、血の海となり」

「居並ぶ守護大名たちの多くは将軍の仇《あだ》を討とうとするどころか」

「狼狽《ろうばい》して逃げ惑う」

山名熙貴《ひろき》は、抵抗するが、その場で斬り殺された。

細川持春は片腕を斬り落とされ卒倒した。

京極高数と大内持世も瀕死《ひんし》の重傷を負い、後日死去した。

正親町三条実雅は、果敢にも赤松から将軍に献上された金覆輪《きんふくりん》の太刀をつかみ刃向うが、斬られて卒倒。庭先に控えていた将軍警護の走衆《はしりしゅう》と赤松氏の武者とが斬り合いになり、塀によじ登って逃げようとする諸大名たちで屋敷は修羅場《しゅらば》と化した。走衆とは、将軍出行《でぎょう》の際に徒歩で随行する供衆《ともしゅう》・徒《かち》の者（歩く者）のことである。暫くして騒ぎは収まり、負傷者を選び出し諸大名は退出した。

あとで、赤松満佑《みつすけ》は幕府軍に攻められ、九月十日に一族六十九名と共に切腹自殺した。

九月二十一日。京の四条河原で晒《さら》し首にされた。

足利義教は出身家が足利将軍家。在任期間は十二年三カ月で享年四十八歳。官位は従一位左大臣、院号は普広院、十念寺《じゅうねん》（西山浄土宗の寺院・京都市上京区）に眠る。

―京の室町幕府・将軍足利義教が暗殺され、嘉吉《かきつ》二年（一四四二）、第七代将軍に足利義勝《よしかつ》（前・将軍義教の嫡男）が就任した。

義勝は、生まれてすぐに政所執事《まんどころしつじ》伊勢貞国《さだくに》の屋敷で養育されたが、昨年の嘉吉の乱の際は、室町殿《でん》（御殿）へ移され、室町幕府管領の細川持之《もちゆき》らに擁《よう》されて、九歳で将軍職を継ぐことになった。

このころ、関東では鎌倉公方第四代足利持氏が、すでに永享の乱で自刃、一時断絶の状態で空白となっていた（後の七年後に足利成氏《しげうじ》が就任する）。公方を支えるべく関東管領は、これも永享十二年に、持氏を滅ぼし、自責の念に駆《か》られ、引退し、弟の上杉清方《きよかた》が、とりあえず関東管領の代行に就いた（このあと、八年後に上杉憲忠《のりただ》が就任となる）。関東管領というのは、鎌倉公方の下部組織でありながら任命権等は、京の室町幕府将軍にあった。

この様に、京の室町・鎌倉公方・関東管領が、それぞれ政治情勢に変調をきたし不安定な状況下にあった。

それも京では足利義勝がまだ幼少であり、政治能力が無いため持之が実権を掌握していたが、翌年の嘉吉三年（一四四三）七月二十一日。突然、足利義勝は死去してしまった。享年十歳（満九歳没）。在任わずか八カ月であった。死因は落馬か、暗殺か諸説あるが、赤痢による病死が有力説であるとされている。

後任の将軍には、同母弟で八歳の三寅《さんとら》（初め義成、義政）が選出された。義勝、義政《よしまさ》と幼少の将軍が二代続いたことから、朝廷や有力守護大名の幕政への関与が続き、将軍の権威が大きく揺らぎはじめることになった。

正式に、第八代将軍足利義政《よしまさ》（十三歳。三寅）が就いたのは、六年後の宝徳《ほうとく》元年（一四四九）四月二十九日のことである。

こうした混沌とした世の中に、何が起こるかわからない時勢に畏怖《いふ》し、上杉家が動きだしていた。これは鎌倉府の公方が機能せず、鎌倉府再興まで東国支配を上杉氏が受け持つことになる。しかし、鎌倉府再興を進めるなか関東管領の対立が続くのである。

第三章　春爛漫の元服式

一

こうしたなかで、太田道灌の祖父にあたる長尾景仲《かげなか》（入道・昌賢《しょうけん》）が擡頭《たいとう》する―。

関東管領代行の上杉清方の要請で、景仲は嘉吉《かきつ》三年（一四四三）、山内上杉家の家宰《かさい》に就任した。長尾氏は桓武平氏《かんむへいし》の流れを汲む、相模国鎌倉郡長尾郷（横浜市戸塚区）が発祥の地である。景仲は、上野国群馬郡白井《しろい》城主（群馬県渋川市白井。旧・群馬郡子持村）になっていた。白井城は、利根川と吾妻川の合流地点に突き出す舌状《ぜつじょう》の台地に位置し、別称・崖端《がけはし》城で知られている。

―長尾景仲の代に、享徳《きょうとく》の乱などの戦乱に備え築城され、難攻不落を誇る要害である。景仲は鎌倉にいた鎌倉長尾氏の長尾房景《ふさかげ》の次男で、母は白井長尾氏の長尾清景の娘である。母方の伯父である長尾景守《かげかみ》の婿養子となって白井長尾氏の家督を継いだ。

長尾景仲の子には―。

「景信、忠景、景明、娘（名前未詳。太田道真の正室・太田道灌の母）」がいた。

孫には―。

「嫡孫《ちゃくそん》に長尾景春《かげはる》、外孫《そとまご》に太田道灌」である。

長尾景仲は、懇意な「扇谷上杉家の家宰」である婿の太田道真（資清）と相談して、すでに引退していた上杉憲実が反対する中、出家していた憲実《のりざね》の長男竜忠《たつただ》（上杉憲忠《のりただ》）を連れ出して還俗《げんぞく》させ、第二十二代関東管領を継承させた。

還俗とは、一度、出家した者が、ふたたび俗人にかわることである。この時、憲忠はまだ十四歳。景仲が五十九歳である。

—その三年後。文安三年（一四四六）、父道真と鶴千代丸（持資《もちすけ》・道灌）の障子《しょうじ》、屏風《びょうぶ》の逸話が残っている。

持資（道灌）が十五歳のころである。鎌倉五山での天才評判ぶりは武家の間にも広まっていた。父・道真は、持資の顔より移して居室の障子を指した。

口でいってもだめだから、物を教材にして訓諭《くんゆ》しようと思ったのである。

父は、言葉を加えた—。

「あの障子を見ろ！」

「ハエがとまっております」

「そうじゃない！」

また、逸《そ》らされそうになって、父はカッとなった。

「障子は真っ直ぐに立っている」

「直立していればこそ、その用をなしている」

「少しでも曲がっていては、役に立たぬものだ」

父は、視線を持資（道灌）へ戻して言葉をつづけた。

「つり合いが大切だと、良き証してある」

さらに言うと──。

「これを是《これ》とし、非を非と唱える心を直《ちょく》と呼ぶ」

「真っ直ぐな心を保つには、勇気が必要である」

「その障子を見て、常に心せよ」

持資（道灌）は、少し頷《うなづ》いて腰を上げ、別の部屋から屏風を持ってきた。

「父上、見て下さい」

「屏風は真っ直ぐに立てれば、倒れてしまいます」

「曲がっていればこそ、役に立ちます」

持資（道灌）は、屏風を開いて立ててから、父の前に坐りなおした。

微笑んで、父を見つめる。元々強い眼差しではないが、いかにも一本取りましたよと言わんばかりに、得意げな顔つきをした。

父・道真は、少し首を左右に振り、黙ったままで立ちあがった。そして、ゆっくりと座敷を後にする。

持資（道灌）は、父をへこませたかとも思い、父が何かいうのを期待したかもしれない。だが、無言こそが賢いわが子への返事。これが父のわが子への教育方法だったのだ。

山内上杉憲実《のりざね》は、先年の永享四年（一四三二）、下野国《しもつけのくに》足利（栃木県足利市）の領主になって、自ら衰退していた足利学校（足利市昌平町）の再興に尽力していた。鎌倉円覚寺の僧快元《かいげん》を能化《のうげ》（学頭《がくとう》・学校長）に招いたり、蔵書を寄贈したりして、学校を盛り上げる。

文安四年（一四四七）になると、足利荘《あしかがのしょう》および足利学校に対して三カ条の規定を定めた。このなかで、四書《ししょ》・六経《ろくきょう》・列子《れっし》・荘子《そうし》・史記《しき》・文選《ぶんせん》のみと限定し、仏教の経典のことは、叢林《そうりん》（禅寺）や寺院で学ぶべきであるとした。教員は禅僧などの僧侶であったものの、教育内容から仏教色を排したところに特徴があった。

従って、教育の中心は儒学であったが、快元が「易経《えききょう》」のみならず実際の易学にも精通していたことから、易学を学ぶため足利学校を訪れる者が多く、また兵学・医学なども教えたのである。室町時代から戦国時代末期にかけて、足利学校は関東における最高学府であった。ここで、太田道灌も勉学したのである。

二

文安四年（一四四七）四月、鎌倉は春爛漫を迎えていた。

なかでも、建長寺の桜。三門をくぐり抜け振り返れば、門が額縁のように桜の道を切り取って一幅《いっぷく》の絵画のごとく美しい。無数の花弁《はなびら》が舞うころ、その足下《あしもと》には淡い桃色の道ができる。

高台にある円覚寺は、二度にわたる蒙古《もうこ》襲来（一二七四年と一二八一年）で戦死した両軍の兵士の菩提を弔うために、中国明州《みんしゅう》（浙江省）出身の仏光国師《ぶっこうこくし》（無学祖元《むがくそげん》）を開山に迎えて建てられたお寺である。

伝えによると、国師が寺を建てるのに相応《ふさわ》しい場所を探し歩いていると、鶴岡八幡宮《つるがおかはちまんぐう》の心霊が白鷺《しらさぎ》に姿を変えて池に舞降りたので、白鷺池《びゃくろち》の辺りに寺を建てた。円覚寺の寺域は広いが、白鷺池の周りの桜に趣がある。寺の入り口である総門付近や三門付近の桜は、なお、華やかである。

―円覚寺から坂を降《くだ》ると、太田持資《もちすけ》（道灌）が生まれた太田屋敷（後に英勝寺が建った）の辺りは早春には梅の花だが、今は梅が咲き休み山桜が満開だ。

屋敷の浦山一帯は竹林で覆われ、いつ見ても邸宅の周りには何処かに花が咲いている。持資（道灌）が太田屋敷で元服式を挙げたのはやはり春爛漫のこの四月である。十六歳になったので父の道真が入念に準備させていた。烏帽子親《えぼしおや》は、太田家の主君扇谷上杉持朝《もちとも》である。

元服して源九郎資長《すけなが》を名乗った。烏帽子親は、武家社会で元服の時、烏帽子をかぶらせ、烏帽子名をつける人のことで、元服親ともいった。

神を祀《まつ》る広間で厳粛な儀式がとどこおりなく済んだ。扇谷家の家臣をはじめ太田氏一族や縁者が同席しての祝宴がはじまり、座興の田楽《でんがく》や猿楽師《さるがくし》まで来演し太田家の繁栄を願うものである。

父道真は、主君扇谷家の家宰職にあり、わが嫡男もそのようにありたいと念じているに違いない。

祝宴も無事に終わり、夕刻。資長（道灌）は、父道真に声をかけられ、奥座敷で話し合った。そこに母の修子も同席した。母は、子煩悩《こぼんのう》の美人画に描いたような謙遜なお人柄だ。親子三人の間柄。そこには祝い儀式用の柄《え》の長い銚子《ちょうし》が脇にあり、盃の乗った料理膳が用意されていた。

父は銚子から酒を注《つ》ぎ、資長（道灌）は盃《さかづき》を受けて、祝の言葉で―。

「資長や、今日はとてもめでたい」

「これは、お祝いだ」

資長は、うやうやしく飲んでから、返盃していた。

母の修子も共に喜び微笑む。

「ご立派になられて、おめでとう」

資長（道灌）は、返盃して―。

「これからも、ますます精進を重ねますゆえ、ご指導のほど願いあげます」

父道真は、たくましく成長したわが子の姿に、目をほそめて応じた。

「今日の良き日に、申し置くことがある」

資長は背筋を正し、父を見つめる。

「鎌倉、そして関東は長い戦《いくさ》続きであったが――」

「いまは、無政府状態に陥り、小康状態を保っている」

「はい、そうですね」と、資長は頷《うなづ》く。

父は、ゆっくりとした口調で言葉を継ぐ。

「しかし、関東各地の豪族たちが身内での権力闘争を繰り広げている」

資長は、すぐに応じる。

「父上、あのー、下総《しもうさ》の千葉氏・下野《しもつけ》の宇都宮氏・上野《こうずけ》の岩松氏・常陸《ひたち》の小栗氏・甲斐の武田氏などが、身内で争っていることは、兼信《かねのぶ》から耳にしております」

「おお、ぬかりないの、頼もしい」

「でも、いつ大きな争いになるか、心しておかねばならぬ」

「はい、兼信からも、油断されないようにいわれております」

道真は、少し合点して言った。

「兼信といえば、今日の元服を機に、斎藤安元《やすもと》をお前の側近に加えることにした」

《脚注：略歴＝安元は武蔵国北部出身・主君太田道灌の軍師（大将）、のちに扇谷上杉定正・今川氏親に仕える。生没年不詳》

「安元は、父上の重臣として数々のいくさに従った勇者と承知しております」

父道真は――。

「関東は、これからも争乱が続くだろう。武はもちろんだが、文の道、なかでも和歌を究めておくがよい」

「父上が、高名な歌人の心敬《しんけい》さまや宗祇《そうぎ》さまを京から招いて親密に関っておられることは、よくよく承知しております」

「わしは、人々との争いは好きではない」

「自ら攻めたことはない」

「攻められそうになって、そして、攻められて対峙している」

資長（道灌）は、呟《つぶや》くように応じる。

「武という文字は、戈《ほこ》を止めると書くと、承知いたしております」

《脚注：戈は、諸刃《もろは》の剣に長い柄《つか》を取り付けた武器。薙刀《なぎなた》はその変形（鎌倉期）》

「その通りだ。その止める技こそ文のちからなりと、わしは信じている」

「お前にまる三年、禅寺で勉学させたのは――」

「文の力を心身に付けさせるためであったのだ」

資長は―。

「ありがとうございます」

「勉学中は、一度たりと家へ足を戻すなとの、母上の厳しきお言葉も」

母・修子は、

「あら、まぁー　なんと」

「父上のご指導ゆえと感謝しております」

父道真は―。

「いくさする者、上に立つ者の心構えとして―」

「常に物の哀れを感じ取るべきと、和歌の道を学んだ」

「お前にも、この心を継いでもらいたい」

「はい、よくわかりました」

父は、嬉しくなり、わが子に酒を勧めた。

「それから、兵法や馬術、弓、槍、刀などの術を学ぶといい」

「はい、父上にたびたび指導をいただいておりますが、一層励みます」

「よくわかりました。今日はほんとうに感謝いたしております」

三

これまで数十年、関東は無政府状態に陥っていた──。

それから三年後の宝徳元年（一四四九）、再興なった鎌倉公方が決まった。足利持氏《もちうじ》の遺児・永壽王丸《えいじゅ》（のちに成氏《しげうじ》）が信濃国に潜んでいたが上洛し、京都から鎌倉入りし、元服したばかりの足利成氏（十六歳）が第五代鎌倉公方に就任した。

──成氏は新たに鎌倉公方に迎えられ、ここに鎌倉府は再建される。

鎌倉府再建と前後して、若年の足利成氏が鎌倉公方就任にともなって、出仕《しゅつし》（仕官）してきた梁田満助《やなだみつすけ》・持助《もちすけ》父子が、鎌倉郡長尾郷を押領《おうりょう》する事件を起こす。

この長尾郷は──。

「上杉氏の有力被官《ひかん》である長尾氏の名字の地」でもある。

「これに憤慨した山内・扇谷の両上杉方の家宰、長尾景仲と太田道真（資清）」

関東管領の職務を事実上は景仲が担っており、それが成氏の公務との間で対立が生じたのである。景仲は、成氏の命令を受け入れることができず、太田道真と連合して武力対決に踏み切った。

宝徳二年（一四五〇）四月二十日の暁闇《ぎょうあん》（暗い夜）の事変である──。

鎌倉公方の足利成氏は、配下の武士たちとともに鎌倉の浜を出、舟で海を渡って江ノ島（神奈川県藤沢市）に立て籠った。成氏は、父持氏《もちうじ》（永享の乱で敗死）の旧臣や、子孫らを重用《ちょうよう》し舟を漕いだ。

関東管領山内上杉家の家宰長尾景仲は、扇谷上杉持朝《もちとも》や家宰の太田道真らと共謀し、成氏を攻める準備を整える。成氏は、すでに上杉勢に攻められることを察知してか、先手をとり鎌倉を離れ江ノ島にいた。

翌日の二十一日、長尾・太田率いる上杉軍が鎌倉に進攻（江ノ島合戦）した。

上杉軍五百余騎の軍勢で──。

「足利成氏の居する鎌倉公方の御所をめがけて進軍せよ」と、号した。

上杉軍は、腰越浦《こしごえうら》からの浜道伝《はまみちづた》いに由比浦《ゆいがうら》に到達──。

成氏方の軍勢と前浜（由比ヶ浜）で交戦する。由比浦から前浜の一帯では、弓を放つ者、白《はく》刃《じん》（刃の抜き身）を振り翳《かざ》す者、槍での混戦となった。道面《みちづら》や砂浜は、血飛沫《ちしぶき》が噴出、戦闘は数時間に及ぶ。

長尾・太田勢は追撃するが、成氏方の武将で小山持政《もちまさ》・千葉胤将《たねまさ》・小田持家《もちいえ》・宇都宮等綱《ひとつな》らと衝突した。小山氏の家人数人も戦死した。この戦いで、上杉軍は多数の戦死者を出し敗北する。

上杉の敗残兵は、扇谷上杉氏の相模国の拠点、相模国糟屋庄《かすやのしょう》にある糟屋館（伊勢原市）に逃れた。糟屋館にいた扇谷上杉持朝《もちとも》（道朝）・顕房《あきふさ》父子はこれを受け入れ、鎌倉公方の成氏方に対して武力対抗の姿勢をとる。

「七沢《ななさわ》の要害（七沢城）に移って、抗戦の構え」である。

しかし、双方とも鎌倉の状勢を見据えて膠着状態となった。

鎌倉で足利成氏を長尾氏・太田氏が攻めた折り、管領山内憲忠《のりただ》が七沢城に逃げ、楯籠《たてこも》った。これは一族の扇谷上杉氏をたよって落ちた地でもある。

この戦《いくさ》に管領上杉憲忠は、直接関与していなかったが、家臣の責任を負う形で相模七沢に蟄居《ちっきょ》を余儀なくされた。

五月になると、和議の動きが持ち上がった。両者は、京の室町幕府の裁定を得て和睦《わぼく》することになった。その条件は、成氏《しげうじ》方に有利なものだった。成氏が鎌倉に復帰したのは八月十日、いったんここで成氏も憲忠を赦《ゆる》し、政務に復帰した。

室町幕府に懇願し、長尾景仲らの罪も罷免《ひめん》され、その後も足利成氏側、管領上杉憲忠《のりただ》側双方の武士が対立。陣営の所領を押領する事件が頻発していた。このような状勢から、いつ何が起こるかわからない鎌倉である。

《脚注（1）：扇谷上杉氏の糟屋館（城）は「相模国大住郡糟屋庄」（神奈川県伊勢原市下糟屋にある。推定説①＝現丸山城址（公園）で、下糟屋の丘陵状に位置する平城《ひらじろ》。これまで発掘出土した遺物は、室町時代後半から戦国時代のものがあるという。鎌倉時代に糟屋有季《かすやありすえ》が在館、室町時代後半からは太田道灌の主君・扇谷上杉定正に関連する城館だったのではないかと考えられている。近くには、太田道灌の首塚ともいわれる墓所などもある。推定説②＝伊勢原市上粕屋地内の秋山辺りで、２０２頁の「図─10」の糟谷館跡と推定されている》

《脚注（２）：先の糟屋有季は、平安時代末期、鎌倉時代初期の武将。鎌倉幕府の御家人。大住郡糟屋荘の荘司である糟屋盛久の子。妻は比企能員の娘》

《脚注（３）：七沢城（標高一〇〇メートル・比高《ひこう》一八メートル。厚木市七沢。周辺は七沢温泉地）は、糟屋館の扇谷上杉氏の戦闘拠点として室町時代初期に築かれたといわれている。比高とは、その地域の地表からの高さで、起伏状態を表す高さである》

第四章　暗雲滴る関八州に戦国到来

一

享徳《きょうとく》三年（一四五四）十二月二十七日、京の室町幕府第八代将軍足利義政の時世―。関八州は内乱の渦にはいり「享徳の乱」が勃発し長期の戦いとなっていく。あの応仁の乱に先駆け、関八州は風雲急を告げる如く、事実上、乱世の戦国時代に突入したのだ。

―事の起こりは、二十七日の夜。鎌倉の管領屋敷にいた第二十二代関東管領山内《やまのうち》上杉憲忠《のりただ》（二十一歳）は、第五代鎌倉公方足利成氏《しげうじ》（二十一歳）から至急の出仕《しゅっし》の命令を受けた。成氏は、憲忠とその義兄で家宰の長尾但馬守《たじまのかみ》実景《さねかげ》を謀殺したことにはじまった。

室町幕府方に恭順《きょうじゅん》の意を表する山内《やまのうち》・扇谷《おうぎがやつ》両上杉方と、鎌倉府の鎌倉公方（後に古河公方）が乱戦し、戦線は関八州全域に拡大していく。最早《もはや》、関東地方は、古《こ》利根川（元荒川）を境に、関東を二分する本格的な戦国時代突入への遠因となったのである。

この事変は、鎌倉公方の成氏と管領の憲忠の対立が深まる最中のことである。長尾景仲が年の終わりに近いことから、実景に留守を託し、鎌倉郡長尾郷の御霊宮《みたまのみや》に泊りがけで参詣に出かけていた二十七日の晩のことである。

影仲が鎌倉を留守にしている隙を狙う成氏は、憲忠を鎌倉府の西御門亭《にしみかどのてい》にある自分の御所(邸宅)に計略を巡らし招いた。

招かれて御所に入った憲忠は、成氏の命を受けていた結城成朝《しげとも》(下総国《しもうさ》結城氏の当主)・同じく彦三郎氏家《うじいえ》・里見義実《よしざね》(安房《あわ》国の初代里見氏)・武田信長《のぶなが》(上総《かずさ》国の武田氏)らのほか近習の侍十余人が、ひしひしととり囲み、問答無用に襲いかかった。

憲忠は恐ろしく、なす術《すべ》も無く、結城成朝の家臣で多賀谷《たがや》氏家《うじいえ》・高経《たかつね》兄弟が突然白刃《はくじん》を振りかざし、血飛沫《ちしぶき》とともに卒倒《そっとう》し暗殺された。

この暗殺事件、これを契機に、以後、関東は約三十年にわたって長引く成氏方との全面戦争となった。

いわゆる、関東地方は早くも戦国時代の幕開けとなった。後に歴史学上、戦国時代始期(始期説)となったのは、十三年後の応仁元年(一四六七)、京都に「応仁の乱」が勃発する前哨《ぜんしょう》戦《せん》でもあるかのようだ。

その日。二十七日の暁闇《ぎょうあん》(夜明け前の暗いとき)、成氏の命で岩松持国《もちくに》率いる別働隊が進撃し、管領屋敷の山内上杉邸も襲撃する。留守役の長尾実景《さねかげ》・憲景《のりかげ》父子や上杉家家臣をも殺害した。

—主君憲忠暗殺の報せを長尾郷で聞いた山内上杉家宰の長尾景仲は、鎌倉に戻った。

景仲は直ちに山内管領屋敷に火を放つとともに、憲忠正室(上杉持朝の娘)ら生き残った人々を、鎌倉から船で海を渡り、馬入川《ばにゅうがわ》（相模川。平塚市）の河口を上り、岡田船着き場（厚木市）から陸路、脇街道を行き、扇谷上杉持朝の糟屋館（伊勢原市下糟屋）に辿り着き避難させた。糟屋館に着いた景仲は、持朝や犬懸上杉家の憲秋《のりあき》・小山田上杉家（小山田城。東京都町田市）の藤朝《ふじとも》ら上杉一族の要人と協議した。京都にいる憲忠の弟・房顕《ふさあき》を次の関東管領に迎え入れる段取りにし、宿敵の成氏を討伐することを決めた。

さらに、景仲はそのまま領国《りょうごく》の上野《こうずけ》国に入って兵を集めることにし、使者を越後守護上杉房《ふさ》定《さだ》（房朝の従弟で養子）に援軍を求めた。同時に、景仲は嫡男・景信《かげのぶ》を直接京都に派遣して事の次第を室町幕府に報告させるとともに、房顕を迎える折衝を行う。

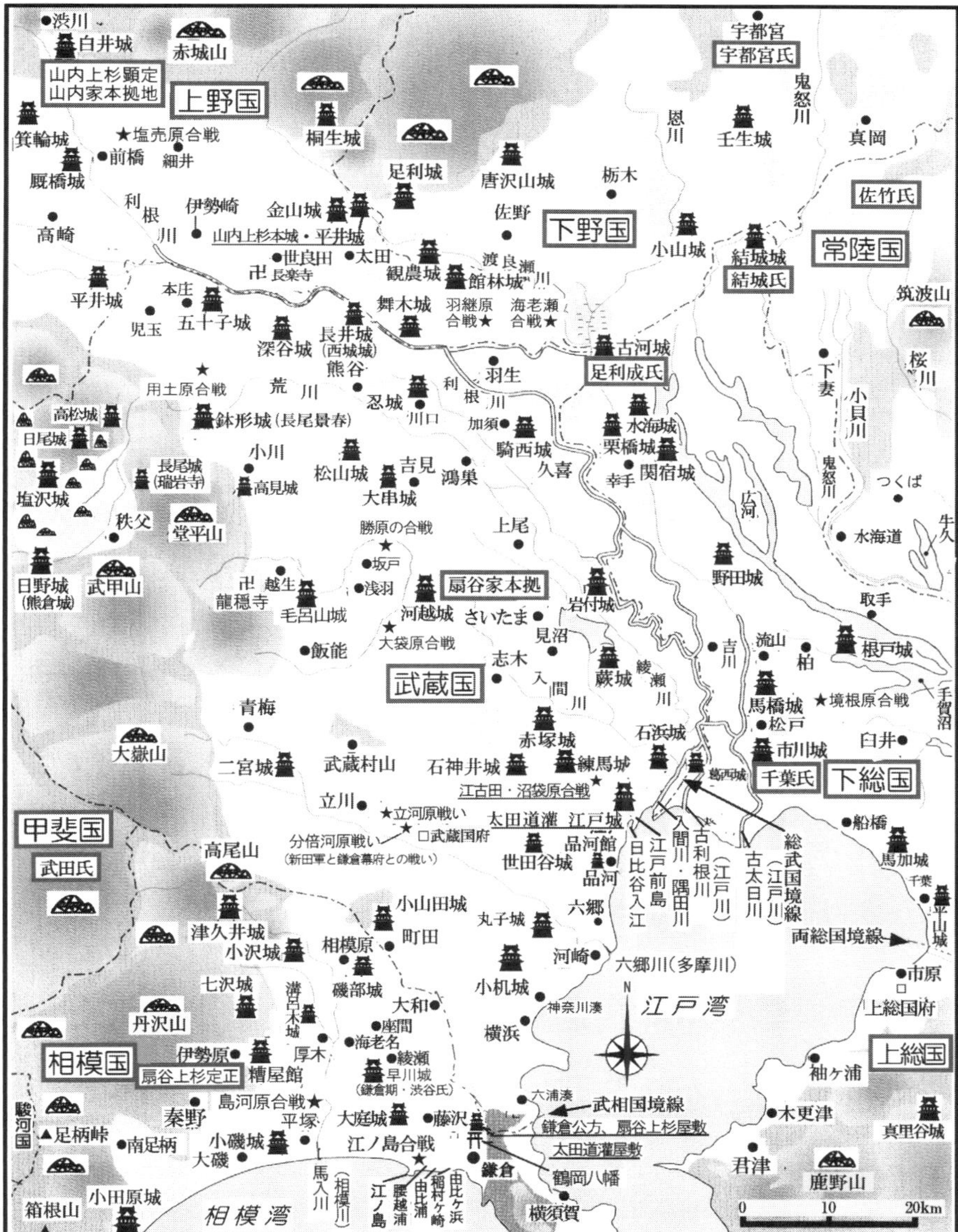

凡例：城・館・砦。山。★合戦・野戦。▲峠山。□国府。⛩神社。卍寺。●主な現在地名等

【文献】歴史書 黒田基樹著『図説 太田道灌』および「諸史料」を基に設計修正加筆作図。 《図版:加藤美勝》

図-4 太田道灌時代の関八州勢力総合図

二

年が明けて、康正《こうしょう》元年（享徳四年。一四五五）一月五日。

足利成氏《しげうじ》は、山内上杉の本拠地である上野の長尾景仲を討つため鎌倉を出発して、烏森稲荷《からすもりいなり》社《しゃ》（東京都港区新橋）に戦勝祈願の願文《がんもん》を捧《ささ》げ、これに勝利した場合は当社の修造を行う旨の祈願をした。

そして、武蔵国府中の高安寺《こうあんじ》に成氏は陣を張った。すでに、豊嶋泰経《としまやすつね》（官途名・豊嶋勘解由《としまかげよし》左衛門尉《さえもんのじょう》）と同三河守《みかわのかみ》が成氏から出陣要請を受けていて合流する。

―この報せを聞いた扇谷家の当主上杉持朝《もちとも》は、成氏の留守中に鎌倉を奪おうとして出陣する。

翌日の六日。持朝軍とともに、太田道灌の父で、扇谷家の家宰太田道真軍は―。

相模国糟屋館（伊勢原市）ならびに七沢城（厚木市）」を出陣する。

馬入川（相模川）沿いの近道《ちかみち》を下り、相模国島河原《しまがわら》（神奈川県平塚市大島付近）に進軍していく。ところが、鎌倉の留守をしていたはずの、足利成氏の配下の武田信長らが進軍してきた。この迎撃にあって島河原の大島・下島・小鍋島の地で合戦となった。扇谷上杉持朝・道真軍の上杉軍は、この合戦に敗れ、伊豆国三島（静岡県三島市）へ遠回しに退いた。

一方、山内家の家宰長尾景仲は、直ちに上野・武蔵の兵を率いて府中に向けて出陣し、上杉一族もこれに合流して出陣した。

一月二十一日〜二十二日にかけて、成氏と上杉の両軍は、立河原《たちがわら》（東京都立川市）・分倍《ぶばい》河原《がわら》・高幡《たかはた》の戦線で激しく戦う。

上杉軍は――。

「府中近郊に終結した上杉軍二千余騎の兵」で、高安寺に攻め寄せる。

足利成氏軍は――。

「分倍河原に、五百余騎で討って出る」

成氏軍の突撃に不意をつかれた上杉軍は混乱する。先鋒の上杉憲顕《のりあき》は手前の立河原で敵の手にかかってしまう。致命傷を負った憲顕は家臣によって間一髪のところで救われたものの、高《たか》幡不動《はたふどう》（東京都日野市。一説には荏原郡池上とも）に逃げ込み、そこで自害した。

憲顕の自害を知った上杉憲房《のりふさ》らは激怒した。

翌日の二十二日、上杉軍は、さらに――。

「新手の五百余騎をもって、分倍河原に進撃」

緒戦で扇谷上杉顕房や武蔵守護代家の大石房重《ふさしげ》・重仲《しげなか》も戦死した。

上杉軍先鋒の大石房重らが討たれたものの、足利成氏軍にも多くの犠牲者が出たため、一進一退となっていく。

そこへ成氏配下の結城成朝《しげとも》らの軍勢が、上杉軍に襲いかかった。上杉軍は後退をはじめ、さらに相模への退路を絶《た》たれたため、上杉軍は東に向かって潰走《かいそう》した。

だが、結城成朝率いる成氏軍の追跡は続き、武蔵夜瀬《よぜ》（八王子市の夜瀬の地が有力説）で包囲された上杉軍の顕房《あきふさ》・藤朝《ふじとも》は一月二十四日に自害して果てた。

顕房には、嫡子政真《まさざね》らの子があったが、政真はわずか六歳であったため、扇谷家の家督はふたたび、持朝《もちとも》が管轄することになる。

難を逃れた山内上杉家の家宰長尾景仲は、残った軍をまとめて辛うじて常陸国小栗城《おぐりじょう》（茨城県筑西市小栗）へと敗走、落ち延びることができた。成氏は、勢いに乗じて武蔵国内の上杉の拠点を次々と攻略する。

こうして足利成氏は、長尾景仲が小栗城にいるとの情報を得ていた――。

三月三日。成氏は、下総国古河城に入った。成氏は、古河を拠点に指揮をとり、那須資持《すけもち》・筑波潤朝《つくばうるとも》・小田朝久《ともひさ》らの加勢を得て、小栗城の攻撃を強化した。途中、小田朝久の急死という事態はあったものの、四月にはここを攻め落として長尾景仲を敗走させた。

三月中旬。京の室町幕府は、山内上杉房顕《ふさあき》を、新たに第二十三代関東管領に任命した。房顕は、早々に鎌倉公方足利成氏討伐軍の大将として関東へ下向した。

兄の憲忠が足利成氏に暗殺され、その後任として足利将軍から任命されたものである。

上杉房顕は、父の上杉憲実から越後と丹波国を与えられ、上洛して第八代将軍足利義政の近臣として仕えていたのである。

―このように、享徳三年からはじまった「享徳の乱」は、長期化の様相を見せ、一度は上杉に追われた足利成氏が下総国古河御所を占拠にして反撃を開始したことによって、関東地方は古《こ》利根川を境として、「東側は古河陣営（古河軍）」、「西側は関東管領陣営（上杉軍）」に事実上分断されることとなった。

古河公方が成立した享徳の乱は、後の応仁の乱、文明の乱に匹敵し、関東における戦国時代の幕あけの大事変となったのである。

従って、関東の戦国時代は、古河公方成立にはじまり、後々に新興勢力の後北条氏（小田原北条氏）の擡頭。天下人豊臣秀吉が後北条氏を征伐し、後北条氏が滅亡したとも言える。関東の武将は、足利成氏方と上杉方の二つの陣営に分かれて戦闘を続ける。

康正《こうしょう》元年（享徳四年。一四五五）五月。大袋原《おおぶくろはら》（埼玉県川越市）の合戦で豊嶋内匠助《たくみのすけ》は上杉方に属した。蒲田の江戸下総入道道景《にゅうどうみちかげ》・妙景《たえかげ》父子は成氏方に属し戦死する。

六月、京の室町幕府軍が鎌倉を占領した―。

京からの進軍により、鎌倉公方足利成氏は、下総古河（茨城県古河市）に本拠を移し「古河公方」と呼ばれるようになった。

古河は江戸湾岸葛西地区から利根川―渡良瀬《わたらせ》川を上った水陸交通の要衝にある。これまで、分倍河原の戦いや小栗城の戦いなど、足利成氏勢が有利だったが、京の室町幕府は足利成氏の討伐を決定した。

三

康正元年（一四五五）六月（この六月に享徳から康正に正式に改元）――。

上杉氏援軍の駿河国守護の今川憲忠《のりただ》勢は、足利成氏が遠征中で不在となっていた本拠地・鎌倉を制圧した。

成氏は鎌倉に戻るのを断念して、下総の古河を新たな本拠地としたため、これを古河公方と呼ばれた。結果、関東は古利根川を境界に東側を古河公方（足利成氏）陣営が、西側を関東管領（上杉氏）陣営が、いよいよ支配するのである。

上杉氏の領国《りょうごく》だった上総と安房国は、足利成氏派の武田信長《のぶなが》、里見義実《よしざね》に攻められ、占領されてしまった。

此度《こたび》、足利成氏が上杉憲忠《のりただ》を暗殺したことで父持氏の敵討ちをした格好になった。これが「古河公方と上杉一族」との争いで、文明十四年（一四八二年）・（本書では、第Ⅱ部第七章の「奥秩父の山岳決戦」）まで、続くのである。

康正元年六月。元号が康正にあらためられたが、成氏は改元に従わず、享徳を使用し続けたことから、このときに始まる内乱は「享徳の乱」と呼ばれるようになった。

同年九月。足利成氏は、山内上杉房顕、家宰長尾景仲と戦い、分倍河原でこれを破り、十二月には騎西城《きさい》（私市城《きさい》とも。埼玉県加須市騎西）を攻略し、上杉方は数百人の死者を出す状態であった。康正元年は古河公方成氏側が優勢のうちに暮れる。

この年、太田道灌は二十四歳で正五位下《せいごいした》に叙《じょ》せられ、鎌倉・相模守御所（居館）の相模守護代に就いた。そして道灌は、太田家の家督を継ぎ、父道真は四十五歳で扇谷家の長老として引き続き健在であった。

享徳五年は、本来は康正二年（一四五六）にあたる。

足利成氏の願文《がんもん》によると、上杉氏に対する戦勝祈願に留まらず、室町幕府とも対決し勝利の暁には、鎌倉公方に再就任することの強い決意が込められていた。したがって、京歴年号《きょうれきねんごう》を使わず、独自の享徳年号を用いている。

同年八月。山内上杉房顕《ふさあき》の呼びかけに応じ、房顕に与《くみ》した下総《しもうさ》の名族の千葉胤直《たねなお》・宣胤《のりたね》は、足利成氏派の馬加康胤《まくわりやすたね》（別称・千葉康胤。千葉市幕張町）・孝胤《のりたね》父子に攻められ滅亡する。康胤は千葉城（亥鼻城《いのはな》。千葉市中央区）に入り、千葉氏の宗家《そうけ》となる。

これに対して、山内房顕は千葉胤直の甥実胤《さねたね》らを取り立てて市川城（国府台城の東側・市川市真間山）に置き、下総における上杉方の拠点とした。成氏は岡部原《おかべはら》（深谷市）、騎西城《きさい》を攻め立てたので、長尾景仲は庁鼻和《こばなわ》（深谷市）の憲信らの上杉勢は敗れ、数百人の戦死者を出している。

古河公方足利成氏は、従前の鎌倉が室町幕府軍に押さえられたことで、成氏は南方の拠点を失い、相模国の一帯と武蔵国の大半は、山内・扇谷両上杉側の人々が押さえることになった。

このうち相模国のまとめ役となり、守護の地位にいたのは扇谷家の当主上杉持朝で、相模の糟屋庄（神奈川県伊勢原市）の糟屋館をひとつの拠点としていたが、武蔵の河越も扇谷家の拠点のひとつで、持氏は関東南部の要所を押さえながら、勢力を扶植《ふしょく》していった。

扇谷上杉家の家宰（重臣）である太田道真と、子息の太田道灌も、武蔵の江戸（東京都千代田区）・品河（大田区品川）をはじめとする太田家独自の拠点を持っていた。

一方、関東管領の山内上杉家のいちばん重要な基盤は、北方の上野国《こうずけのくに》だった。山内上杉家はながく上野の守護をつとめており、地域の武士たちをも組織していた。そして山内家の家宰として活躍した長尾氏の拠点も上野国である。

長尾氏の中核にいた長尾景仲（昌賢）は、上野北部の白井城《しろい》（群馬県渋川市白井）を本拠としている。その子息にあたる長尾忠景は上野の総社《そうじゃ》（前橋市）を本拠とする総社長尾家を継いでいる。

第五章　江戸城を築城、河越城・岩付城

一

太田道真・道灌の父子は、関東の緊迫した軍事状況のなかで江戸城の築城が急がれていた。武蔵国を古河公方の侵攻から守るための防衛・戦闘拠点の構築である。徐々に態勢を立て直し、上杉方は武蔵東部で元荒川・古利根川をはさんで、古河公方とにらみ合う形となり、何としてでも上野・武蔵・相模を守ることにある。

—太田道灌は、康正二年（一四五六）六月七日。鎌倉を出てきて、はじめ武蔵国荏原《えばら》郡御殿山《ごてんやま》（港・品川区区境の台地）の品河館を初めて訪れた。

《脚注：現在、御殿山城の遺構は残されておらず、また石碑や解説板もない。どうも某集合住宅付近が城跡推定地とされる》

道灌は、近い品河湊を警固《けいご》する傭兵《ようへい》隊長を鎌倉の円覚寺《えんかくじ》住職から下命を受けたのである。道灌が二十五歳の時であった。ここの品河高台一帯は、道灌の主家である扇谷《おうぎがやつ》上杉家の領地で、そこの品河館（御殿山館・御殿山城とも）に居住した。

品河館は、目黒川左岸の高台にあり、館下には絶えず波が打ち寄せていた。現在の品川駅から東側は、当時は海の中で街道は海岸沿いに走っていたのである。

元々は鎌倉時代に源頼朝《みなもとのよりとも》の家臣だった品河太郎という武士が屋敷を建てて一帯を支配していた。その子孫が代々居を構えてきたが、先年の応永三十一年（一四二四）に公方足利持氏によって追放されてしまった。父道真は、無人の品河氏屋敷跡を手に入れて、館として建て直したのである。道真は館を造るに際し、品河の氏神様として牛頭天王社《ごずてんのうしゃ》を建てた。

道灌はここに居住し、家臣の宇田川長清《ながきよ》とともに、館内の望楼に立った。

長清は、合点して答えている。

「わが、お館様（道灌公）がこの地に着目されたのは、眺めばかりではありませぬ…」

「いくさに際して、高台は有利です」

さらに、道灌は、この品河館で歌を嗜《たしな》む文武両道の道を歩む。

京から連歌師の心敬《しんけい》を招いた。

「心敬は天台宗の僧で連歌師である」

「名前は連海《れんかい》や心恵《しんけい》・心教《しんきょう》とも」いった。

心敬は京都清水寺近くの十住心院《じゅうじゅうしんいん》の住持《じゅうじ》（住職・僧）となり、権大僧都《ごんだいそうと》・法印《ほういん》に叙《じょ》せられた。

「冷泉派《れいぜいは》の歌人、連歌七賢《しちけん》の一人」である。

心敬は、京の戦乱をさけ関東に赴き過ごしていた。品河での歌合会《うたあわせ》は、「品河千句」と呼ばれる。

―道灌は品河沖から船で、山内上杉家所領の神奈川湊（横浜市神奈川区）と道灌が支配する六浦湊《むつらみなと》（横浜市金沢区）に立ち寄り、相模の江ノ島（藤沢市）の銭洗《ぜにあら》い弁天に参詣した帰りのことである。

「品河沖を航行中に思いがけなく船の中に九城《このしろ》という魚が飛び込んだ」

《脚注：九城＝目出度い魚でお祝いの料理につかう。成魚で約八寸（約二四㌢）のコハダの一種。先の六浦湊というところは、鎌倉幕府執権北条泰時《やすとき》が、鎌倉と六浦を結ぶ道の開削《かいさく》を命じ、それが六浦道《むつらみち》（朝夷奈切通《あさいなきりどおし》・峠坂《とうげざか》ともいう）である》

六浦湊辺りは、当時、現在の内陸地域である六浦川流域や手子《てこ》神社・金沢文庫駅（京急）にまで入江、内海になっていて複数の湊（河口の港）や津《つ》（船舶の碇泊する港）があった。享徳《きょうとく》の乱によって上杉氏一族が鎌倉を占拠にした後、鎌倉とともに六浦を支配したのは太田道灌である。六浦湊は、政治の中心地の鎌倉から六浦道を経て、湊は江戸湾に面し房総への水運の要衝となっていた。

―道灌は、撥《は》ね飛び込む魚を見て、微笑み、甲高《かんだか》い声で、

「なんと、めでたい九城《このしろ》ではないか」

「これは吉兆《きっちょう》であるぞ！」

「お館様《やかたさま》、この先なにかよいことがございまする・」

と、家臣の千代田が歓声を上げた。

道灌は機先《きせん》を制《せい》して、船中で即座に—。

「よーし、江戸に城を築くぞ！」

「関東の争乱を鎮定することにあるのだ」

「いよいよ、わしにも、運が向いてくる！」

と、いつもの、さわやかな表情をした。

この異変を吉兆と見た道灌は、そばにいた家臣の千代田・宝田・斉田らに、城を造ることを決意し命じた。

そして、ふたたび品河から江戸前島（日比谷入江の新橋辺り）に向かって航行中のことである。今度は、海中に粗朶《そだ》（のりを着生させる竹枝）を仕掛けて海苔《のり》をとる漁民と出あった。道灌が漁民に、ここの地名を何処ぞと、訊《き》くと—。

「ここは、江戸前島の千代田村、宝田村、祝田村の里でございます」と答えた。

「それはめでたい村々の土地柄じゃの！」と、道灌は大いに悦に入った。

「国は武蔵、郡は豊嶋、字《あざ》（村落）は、それぞれ吉事ばかりである」

「ここの江戸郷に城を築けば、繁栄疑いなし」と、道灌は頷《うなず》いた。

「これより千代田城と称しようか」

後に、江戸郷に造営されたので「江戸城」となった。

今度は、またまた、鎌倉の円覚寺から信頼を得ていた道灌は――。

「江戸前島を警固《けいご》する守備隊の傭兵《ようへい》隊長」を授かった。

「江戸前島の領地は、円覚寺領の在地の荘園《しょうえん》」で、古く江戸を支配した江戸氏が、前島を円覚寺に寄進し、安堵《あんど》（知行保証）された領地で、永世《えいせい》中立地帯である。強大な円覚寺勢力の了解なしには、道灌は江戸には入れなかった。が、鎌倉の太田家は有利であった。

太田道真・道灌父子は、古河公方側と戦うために早急に防禦《ぼうぎょ》拠点を築かねばならず、顕房死後に扇谷上杉家当主に復旧した上杉持朝の命で、康正二年（一四五六）から長禄元年（一四五七）にかけて、江戸城、武蔵国入間郡に河越城（埼玉県川越市）、武蔵国埼玉郡に岩付城（埼玉県さいたま市岩槻区）を築くことになった。

二

太田道灌が江戸城の築城を開始したのは、康正二年（一四五六）のことである――。

道灌は、古利根川（元荒川）の下流で、房総《ぼうそう》（安房・上総・下総の総称）の古河方の千葉氏の勢力を抑えるため築城する。江戸城は鎌倉公方の対前線基地であり、古利根川以東の古河公方勢を牽制する重要地点であった。

太田道灌は、武蔵国南部（東京都）における軍事的拠点に、平河が注ぐ日比谷入江の西の台地（千代田区・皇居東御苑《ひがしぎょえん》）に江戸城を構築する。

『鎌倉大草紙《かまくらおおぞうし》』によると、主君である扇谷上杉持朝が武蔵国河越城《かわごえ》（川越市）を築城、父の道真が岩付城、道灌が江戸城をそれぞれ築城したと記している。『永享記《えいきょうき》』によれば、上杉持朝は太田道真に命じて河越城を構築したとしている。河越城・岩付城の築城は、証拠となる史料に乏しいが、技術的には太田道灌が支援したものと推測されている。

この三つの城は軍事的、政治的な拠点とし三城《みつつのしろ》の連絡が遮断された際、道灌が伝令犬《でんれいけん》を急使《きゅうし》に仕立て密書を送り戦線を張るのだという説もある。


—その江戸城は「道灌がかり」と呼ばれる独自の築城法で進めた。

「全体の城郭は高さ凡《およ》そ七～十丈《じょう》（約二十一～三十メートル）の崖の上に建てる」

その崖も—。

「あちこちに入り込みがあった」

「入り込んだ崖にはそのまま海が入り込んでいる」

道灌は、天然の地形をそのまま利用して、あまり地勢に改変を加えなかった。つまり海の入り込んだ崖は崖として、そのまま活用するのだ。城々は防禦上三つの郭にした。

「本丸の子城《ねじろ》（根城）」

「二の丸の中城《なかじろ》」

「三の丸の外城《とじろ》」の三区画に区切られていた。

それぞれが独立した城郭を構成している。城全体は川と海に囲まれており、東と南は日比谷の入江と、千鳥ヶ淵川とさらに西に大きな溜池とによって囲まれている。

北は平河と大沼によって囲まれている。この城を攻めようとすれば、西北からしか攻撃できないという造りにする。

だから道灌はその西北の地点に、「馬の駆け場」といわれる合戦場を設けた。

つまり、迎え撃つ場を一カ所に絞ることにする。

そのために海の入り込みや、あるいは川の流れや沼の存在をそのままにして、一切手を加えない。したがって、中城を一番高い頂の台地に築き、そのちょっと低いところに子城を造り、さらにもっと低いところに外城を造る。が、これらの三つの城郭（外敵から守るための防御施設）は、それぞれ独立した郭《かく》であって、郭と郭との間には深い濠《ほり》がある。濠を掘るために生じた土は、こんどは盛り上げて土塁《どるい》とするのだ。土塁には崩れにくいように芝草を張る。

子城の中心で、ここに道灌の館である「静勝軒《じょうしょうけん》」という高閣。いわば金閣、銀閣のような望楼《ぼうろう》である。ここは、品河から浅草や浅草川（宮川・隅田川）まで眼下にあり、遠くに富士山、筑波山が遠望されるようにする。

「静勝軒は、天守に匹敵するもので」

太田道灌の江戸城復元図

【参考文献】図版西ヶ谷恭弘著・香川元太郎画『復元図譜日本の城』より。

岩付城跡地図(さいたま市岩槻区)

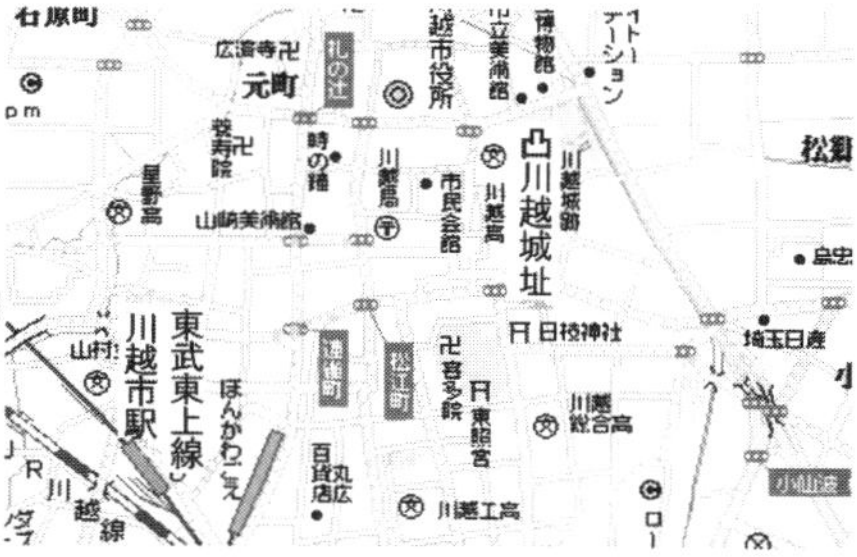

河越城跡地図(川越市)

岩付城復元図(さいたま市蔵)

河越城復元模型(川越市立博物館蔵)

□協力:さいたま市岩槻区役所・川越市役所・同市立博物館。《図版:加藤美勝》

図−5 江戸城・河越城・岩付城の跡、復元図

「この望楼から、富士の白雪もながめることができる」

「静勝軒というのは、道灌が中国の兵法《へいほう》の書を勉学し、尉繚子《うつりょうし》のなかにある」

「兵は静かなるをもって勝つ」と、いう言葉からとったものだ。

風雅な場所にも、武将としての心構えを含ませるのだ。

出曲輪《でぐるわ》をいくつもつくり、曲輪《ぐるわ》と曲輪の間に、障害物を置いた。曲輪というのは、城・砦《とりで》など、一定の区域の周囲に築いた土塁《どるい》や石の囲いのことである。普請《ふしん》は、武蔵の河越から人夫を大勢呼びよせた。もし、一つの曲輪が奪われたら、別の曲輪から攻撃する構造である。二重三重の防御《ぼうぎょ》策を取ることで、敵の侵入阻止、殲滅《せんめつ》を狙う。

中城（本曲輪）が一番高所にあり、一段低い所に外城（三の丸曲輪）が配置されている。高低差を設けることで敵の動向を見やすくし、各曲輪に濠をめぐらせ橋を架けて、防御を深くする。

城内には物見櫓《ものみやぐら》、兵糧庫《ひょうろうこ》、武器庫や兵を訓練する弓場《ゆみば》などもある。

戦《いくさ》は騎馬と弓矢が主力である（鉄砲はまだ伝来していない）。敵を引きつけておいて、城内の精兵を繰りだし、一気に襲い掛かる作戦だ。そのための装置と工夫に秘策が込められた。各郭の段差は、凡そ一・六～三・三丈（約五～十メートル）ある。

敵が西北の「馬の駆け場」を突破して、城に侵入してきても、外城で防ぐ。そこが突破されると子城で防ぐ。そして最後は中城で防ぐ。どう見ても、中城までは到達できない。というのが道灌の判断であった。道灌の判断だけでなく当時の武将はみんなそう思っていた。
—そして「かまりの場」と呼ばれる空地も設けた。

とにかく、城の至るところに道灌の部下が伏兵として待ち構えるような構成をとっていたのである。江戸城内には植林をする。

松や竹、梅林。樫《かし》の木、銀杏《いちょう》、楠《くすのき》、桜、紅葉などなど、要所に庭園も造る。特に、梅林に興味を示し、数百本も植えた。

江戸城の守護として日枝《ひえ》神社をはじめ、築土《ちくど》神社や平河天満宮《ひらかわてんまんぐう》など、神仏の来臨《らいりん》を請《こ》うために勧請《かんじょう》し、造営したのである。この様に、太田道灌は江戸の情景を楽しみ、和歌を嗜《たしな》み、江戸城主として活躍する。

—道灌は、江戸城が完成してから、長禄元年（一四五七）陰暦四月十八日（『永享記』による）に、御殿山の品河館から江戸城に入城した。道灌が二十六歳の時である。

品河館には、家臣の宇田川和泉守長清《いずみのかみながきよ》を配置した。宇田川氏は、一五世紀ころから葛西《かさい》や品河など江戸湾岸に定着した豪族である。

「東京都渋谷区史」によれば、宇田川氏の祖は、渋谷を流れていた宇田川（渋谷区宇田川町の由来となった人物）といわれる。長禄《ちょうろく》元年に宇田川長清が江戸日比谷郷に居住していたが、江戸城の築城に伴い道灌の命令により品河に移住した。他に品河湊の商人でもある宇田川清勝《きよかつ》という人物がいた。寛正《かんしょう》七年（一四六六）、享徳の乱の激戦の一つとして知られる五十子《いかっこ》の戦い（埼玉県本庄市五十子）で戦死している。

—太田道灌は足軽戦法という戦術で知られる。

道灌が兵法を学び、初めて生み出したものである。合戦でも独自の流れをつくり、関八州を席巻したことでも名高い。足軽は、戦国時代初頭に現われた足軽く疾走する雑兵《ぞうひょう》のことで、騎馬兵と数人の歩兵が組み、少数の組織で行動して戦場を素早く転戦することができるのだ。

従来の合戦では敵と一対一の戦いであった。道灌は、敵の騎馬兵や歩兵を足軽隊が取り囲み、極地に追い込み、多勢と無勢の差によって打ち倒す戦略である。

江戸城主として道灌は、ある年から四年間で三十数回も出撃し連戦・連勝であった。

武蔵国《むさしのくに》石神井城（東京・練馬区）・練馬城（同）・平塚城（北区）の攻城戦や、江古田原・沼袋原（中野区）の野戦などでは、足軽戦法を誇っていた。馬は相州馬をそろえ、各々十騎ほどの足軽軍団で実に小回りがきいていた。道灌は江戸郷にある関八州一の江戸城から戦線に出撃していくのである。

三

京の室町幕府、第八代将軍足利義政は、関東の争乱を鎮《しず》めようと、直接関東地方を支配するため鎌倉公方《くぼう》に対して介入しだした。

長禄元年（一四五七）、足利義政が対立を深める古河公方足利成氏への対抗策として、天龍寺（京都市右京区）で僧籍にいた異母兄の足利政知《まさとも》を還俗《げんぷく》させ、京都から関東へ正式な鎌倉公方として送ることを決めた。

還俗とは、一度、出家した者が再び俗人にかえることである。翌年の長禄二年（一四五八年）、新たに鎌倉公方として関東に下ってきた足利政知は、本来の目的地である鎌倉に入部できず伊豆国堀越《ほりごえ》（静岡県伊豆の国市韮山町）を拠点にしたのである。

一方、関東の戦線である――。

長禄三年（一四五九）、関東管領山内上杉房顕《ふさあき》は、古利根川南岸の武蔵五十子《いかっこ》（城）に本陣を構築し、利根川東部を勢力圏とした古河公方に対峙していた。同陣には、山内上杉氏・越後上杉氏だけでなく、扇谷上杉氏の当主や家宰の太田道真も在陣していた。

これを知った古河公方足利成氏は、五十子に攻撃を加えようとして出撃する。

同年十月十四日。古河軍と上杉軍の両軍は、近くの太田庄《おおたのしょう》（埼玉県熊谷市）で交戦する。この結果、上杉教房《のりふさ》が戦死するなどの打撃をうけた。だが、上野の岩松家純《いえずみ》・持国《もちくに》が上杉軍に加勢するとの報せを得た上杉房定・政藤は、翌日の十五日、利根川を渡って上野側に陣地を張る古河軍を羽継原《はねつぎはら》（群馬県館林市）・海老瀬口（同板倉町）で攻撃をかけるが再度敗戦する。

上杉軍は、大打撃をうけたが、古河軍も撤退したため五十子は上杉軍の手に確保され、以降、上杉房顕はここを拠点として長期戦の構えを見せはじめた。

先の羽継原の戦いは、古河公方方・上杉方ともに全力を尽くした総力戦で、勝敗にかかわらず、終わったあとの脱力感は大きかった。

体制を整えて戦う気力を人々は失い、古河と五十子の上杉の両陣営がにらみ合いながら在陣する時代が長く続くことになる。

長禄三年（一四五九）十一月、太田道灌は、正式に官途名《かんとめい》・左衛門太夫《さえもんたいふ》に任ぜられた。二十八歳のことである。扇谷《おうぎがやつ》上杉家では、顕房の子・上杉政真《まさざね》が当主に当てられて、顕房戦死の責任をとって出家した太田道真に代って息子の太田道灌が家宰に就任した。

寛正《かんしょう》元年（一四六〇）四月。足利政知の陣所である堀越国清寺《くにせいじ》（伊豆の国市）が、足利成氏方の古河軍に焼き討ちされる事件が起こった。政知は、場所を堀越御所《ほりごえごしょ》に移した。

成氏討伐どころか、自らの命さえ危うい状態であり、政知は使者を京都へ向かわせ幕府と今後の対応を協議させた。

同年八月、斯波《しば》氏の家臣、朝倉孝景《たかかげ》・甲斐敏光《としみつ》が京から派遣され軍事力の目処《めど》はたった。政知は、斯波軍の軍事力を背景に、鎌倉へ移ろうとした。が、八月二十二日、将軍義政に制止された。

これは幕府が、関東の幕府方の勢力である両上杉氏と結びつき、堀越府の自立することを恐れて幕府の統制下で繋ぎ止めようとしたのである。

軍事指揮権も堀越の政知ではなく、京の幕府が掌握、政知の頭越しに関東諸侯に命令していたため政知の実権はまったくなくなった。

寛正二年（一四六一）、太田道真は隠居し、道灌は家督を継ぐ。道灌三十歳の時であった。以後、道灌は第十代上杉政真、後の第十一代定正（顕房の弟）の扇谷上杉家二代にわたって補佐して、結果的に二十八年にもおよぶ享徳の乱を戦うことになっていく。

寛正三年（一四六二）三月六日。京の将軍足利義政は、河越城主扇谷上杉持朝の幕府からの離反、離脱の風聞《ふうぶん》が生じ、堀越公方の足利政知、越後上杉房定に命じて和解を周旋すると書簡を出した。同時に、上杉持朝にも直接書簡を出した。

持朝は、身に覚えのないことで、堀越御所の政知に書簡を送り、弁明に努めた。

そもそも、足利政知の執事・渋川義鏡《よしかね》の讒言《ざんげん》により持朝に謀叛の疑いが報じられたのである。

危機が迫っていた。渋川はこの問題は、兵糧料所《ひょうろうりょうし》の設置を巡る争いから、堀越公方となっていた足利政知と敵対関係になるに至ってしまった。

室町幕府は、兵糧の確保を名目に半済令《はんぜいれい》を出して荘園・公領の年貢半分の徴収権を守護に認めたものである。この半済令の対象地は兵糧料所と呼ばれた。

第六章　上洛・後土御門天皇に謁見

一

寛正《かんしょう》六年（一四六五）の三月。太田道灌は、関東の郷士を愛し、機先《きせん》を制《せい》して上洛《じょうらく》の途についた。京都に「応仁《おうにん》の乱（応仁元年・一四六七年）」が勃発する二年前のことである。

今や関東は利根川を挟み、古河軍と上杉軍が長期戦の構えで対峙している。このにらみ合いは、古河軍がなかなか優勢であった。二年ほど前の寛正三年、伊豆の堀越公方足利政知の側近・渋川義鏡《よしかね》の讒言《ざんげん》によって、扇谷家の当主上杉持朝に謀叛の疑いがあり、これを討つべしと報じた。讒言とは、人をおとしいれるため、事実をまげ、また偽ってその人を悪くいうことである。三浦時高《ときたか》、大森氏頼《うじより》・実頼《さねより》父子、千葉実胤《さねたね》ら扇谷家の重臣が隠遁《いんとん》（引退）するほど深刻な事態に陥っていた。足利政知との対立が収拾つかない状態にある。

そこで、主君扇谷持朝に代って家宰の太田道灌が京の室町幕府に対して弁明し、関係改善を図るため上洛する。すなわち、道灌は将軍義政に関東の静謐《せいひつ》（世の中が穏やかに治まること。平和）の策を言上することにあった。

—道灌は、すげ笠を頭《かぶり》、従者を引き連れて上洛する。陸路では、他国を通過するので危険が伴う。このころ、西国の伊勢と東国の品河（東京都大田区品川）は、水運によって直接結ばれていた。

品河は道灌の支配地域であり品河館もある。品河を本拠としていた商人、鈴木長敏《ながとし》（道胤《どういん》）の廻船の便船で、江戸湾を出て遠州灘を航行し伊勢湾に向かった。

従前、品河で道灌に被官してきたのが、斎藤新左衛門なる人物。その斎藤が航路の案内、警護を兼ね同行した。伊勢湾岸の津湊に接岸、陸路で寺に逗留し、近江に行き、山科から京の鴨川に架かる三条橋（後に三条大橋）を渡り、京の寺に逗留する。

翌朝、京の北大路《きたのおおじ》を歩き、足利御殿《ごてん》に参上した。将軍足利義政に御目通りが叶えて謁見することができた。関東の安寧《あんねい》秩序を願い、関東静謐《せいひつ》の策を相談した。

将軍義政は、機嫌よく関東の政治情勢を聞き入れてくれた。そして上杉持朝の謀反の疑いも晴れた。なんと、将軍義政は、後土御門《ごつちみかど》天皇にも謁見することを勧めてくれたのである。

二

これまで、道灌は戦《いくさ》の陣にあっても和歌を作り、京の飛鳥井中納言雅世卿《あすかいちゅうなごんまさよきょう》へ送り、添削をしていただいていた。雅世は歌人で「新続古今和歌集」の撰者で、有名な「飛鳥井雅世卿歌集」「富士紀行」がある。道灌は戦乱の最中にありながら、歌を詠み、心の平静を保つことができる精神力のすごさが、武将たちの間に拡がり感心されていた。

―上洛して中宮に招かれた。

その折り、後花園《ごはなぞの》天皇が崩御《ほうぎょ》したばかりで、譲位《じょうい》した第一〇三代・後土御門天皇（寛正五年八月二十一日より在位）に謁見することになった。

天皇からは、道灌の住む武蔵野のことを尋ねられ、これに答える歌を披露する。父の道真から受け継いだ文学的教養の一面が窺《うかが》える。天皇は、歌人としても名の知れた道灌にも興味があったようだ。


また、見渡す限り野原という関東。特に武蔵国とはどのような土地なのか、帝《みかど》（御門《みかど》とも書く。天皇）も興味があったらしい。それくらい関東というのは田舎だった。天皇は、御所の御《み》簾《す》（すだれ）越《ご》しに、武蔵の国とはいかにと、単刀直入に訊《たず》ねられた。

道灌は、その時、「されば…」といって―。

露《つゆ》おかぬ　方《かた》もありけり
夕立の　空より広き
武蔵野の原

と、詠《よ》んで武蔵野の風景を和歌でもって帝《みかど》に説明した。

すなわち、「露」とは、草などに溜まっている水、つまり雨粒である。雨粒を置かない、というのは、雨が降っていないところもあるんですよ！　と、いっている。

「夕立の…」とは、夕立の空よりも武蔵野は広いからです、と武蔵野の雄大さを説明している。夕立が降っても、武蔵野の北や南、あるいは東か西のどこかでは降っていないのです。それくらい武蔵野は広いです、と天皇の御前《ごぜん》で、わが国、坂東《ばんどう》（関東）を誇らしげに自慢してみせたのである。道灌の歌は、どこか、いつも爽やかな気持ちに満ちていた。

帝は、次のように詠《えい》じてくれた。

　むさし野は
　茅原《かやはら》の野と聞きつるに
　かかる言葉の花もあるかな

と、道灌に御歌《おうた》を賜《たまわ》ったのである。

《武蔵野はただかやの生い茂った野と聞いていたのに、このような美しい言葉の花も咲くのだなあ（貴殿は野武士と聞いていたのに、風流な心もお持ちであったのだなあ）の意をこめる》

また、後土御門天皇は―。

「あの隅田川の都鳥《みやこどり》はどうか」と問うと。

道灌は―。

　年を経て知らざりし都鳥

隅田川原に
　宿はあれども

と、答えた。

《いまだにずっと都鳥のことを知りませんでした。私はあの業平が（いざ言門《ごんもん》はむ都鳥）と詠んだ隅田川原に宿があるのですか》と詠んだので、天皇の感心されようはひととおりでなく、もったいなくも、思ってくださった。

古歌で伊勢物語の中で在原業平《ありわらのなりひら》（平安初期の歌人）が「名にしおはば　いざこと問はむ　都鳥　わが思う人は　在りやなしやと」と、歌っているが、天皇はそれを知って質問したのに対し、そのことを胸の中でかみしめつつ答えたのである。因みに、都鳥とは定説はないが、一般にユリカモメではないかと言われている。

次に、帝は「江戸城からの眺めはどうか」と問うた。

道灌は――。

　我庵《わがいおり》は　松原つづき
海近く　富士の高嶺《たかね》を
　軒端《のきばた》にぞ見る

と、答えた。

江戸城は、すぐ近くまで海であること。霊峰と呼ばれていた富士の見える見事な景観を説明した。このように、質問にすべて即座に歌で答え、天皇を驚かせた。

《脚注：天皇との謁見で和歌でのやりとりは、「鎌倉大日記」を参考文献とした》

道灌は、その後、京都相国寺《しょうこくじ》雲頂院《うんちょういん》（京都市上京区今出川通烏丸）で、禅僧で歌人の萬里《ばんり》集九《しゅうきゅう》を尋ねた。

「萬里」は道号で、「集九」は諱《いみな》である。和歌の修練のことなどについて交流を深めた。萬里は、相国寺（京都五山第二位）に来る前までは、建仁寺《けんにんじ》（京都五山第三位）や南禅寺《なんぜんじ》（京都五山を超える寺格）の講席、蔭涼軒主《いんりょうけんしゅ》にも師事したという。道灌は、萬里に江戸城での歌合会《うたあわせ》に招待することを約束した。

歌合というのは、人々を左右に分け、その詠んだ短歌を左右一首ずつ組み合わせて判者が優劣を判定し、優劣の数によって勝敗を決する遊戯である。すでに平安初期以来、宮廷・貴族の間に流行していた。道灌は、室町幕府との外交も見事にこなし帰路に就いた。

《脚注：後々の文明十七年（一四八五）十月、太田道灌は、萬里集九を招き江戸城に滞在》

此度《こたび》の太田道灌の折衝により、翌年の寛正六年（一四六五）、将軍足利義政は伊豆の堀越公方足利政知に内書をだし、扇谷上杉持朝の罪がないことを証し、持朝の所領を復し安堵した。同年の秋。足利政知に仕えていた上杉政憲は、古河公方足利成氏の排除こそが、政知の鎌倉入りに向けての最大の説得材料になると考える。

翌年、文正元年（一四六六）正月。

足利成氏は、八千余騎の大軍で、武蔵国の五十子《いかっこ》（埼玉県本庄市）に進出した。

二月十二日、上杉政憲《まさのり》は伊豆から出陣し、関東管領上杉房顕《ふさあき》・越後守護の上杉房定《ふささだ》、その子顕定《あきさだ》と合流し、房顕は大軍をもって総勢一万余騎で攻撃した。

両陣がたがいに攻め合いになったとき、急に病にかかって、上杉房顕はこの五十子の陣中で早世（三十三歳）してしまった。

上杉勢はなすすべもなく、致命的な打撃を受け、軍兵を率いて鎌倉へ帰った。このとき、成氏が後ろから追い詰めたならば、上杉勢を討取れたのに、ただ引き返すのをよいことにして、成氏軍は軍勢を引いてしまった。成氏は、はかりごとに欠けているというべきであろう。

――そこで堀越公方の了解の下、山内家の家宰長尾氏、扇谷など一族の推挙があって、越後の上杉房定の二男・顕定を迎えて、山内上杉を継ぎ関東管領となった。

歳わずかに十四歳である。次いで室町幕府は、顕定に房顕の跡を継がせることを報知したのである。

文正元年、房顕が急死して数カ月を経た五十子陣《いかつこのじん》に連歌師の宗祇《そうぎ》が訪れ、長尾景信《かげのぶ》の弟忠景《ただかげ》に答え、連歌の作法を教えている。

この年、流行病《はやりやまい》がはびこり、飢餓が襲い、人々は嘆きのふちに沈み、意気消沈していた。道《みち》端《ばた》に餓死する者がたくさん出たが、戦火はやまなかった。そこで翌年、文正の号を改め、応仁《おうにん》元年（一四六七）とした。しかし天地の災害はかならずしも年号によって起こるものではないだろう。悪い所業の結果がこういう報《むく》いとなってあらわれたのである。

京都では山名と細川の両氏の仲がいよいよ水と油で、双方に別れ、本格的な戦いが起ころうとしていた。関東もやはり平穏な生活に戻らず、関東管領が逝去した後も諸将は必死になって世の成り行きをうかがっていた。

第七章　京に応仁の乱・下剋上の戦国

一

道灌が上洛し将軍義政に謁見して二年後——。

京都では「応仁の乱」という大乱が勃発し、これにより日本は下剋上《げこくじょう》の戦国時代に突入していく。これまで、その前哨戦が積み重なり、ついに大きな戦争になった。何が原因だったかというと、「京の将軍家と守護の家督相続」の争いである。

応仁の乱は、応仁元年（一四六七）から文明九年（一四七七）までの約十一年もの間続くのである。当初、主戦場は京都であったが、後に各武将たちが後方攪乱をねらって敵対武将の本拠地を攻撃し始めたため、戦《いくさ》は全国に波及していった。この争乱には、日本中の主要な大名家がほとんど参加した。戦乱の期間の大半は文明年間であったため、応仁・文明の乱とも呼ばれるようになった。

事の起こりは、第八代将軍足利義政は、幕政を正室の日野富子《とみこ》や細川勝元《かつもと》・山名持豊《もちとよ》（入道・宗全《そうぜん》）らの有力守護大名に委ねて、自らの東山文化を築くなど、もっぱら数奇の道を探求し、文化人ではあるが猿楽や酒宴に溺れていた。こうした怠慢のなかに大乱が起ったのである。

応仁元年、将軍足利義政が、正室の日野富子に対して――。

「富子とわしの間には、子供ができない」と、あっさり決めつけた。

富子には、長禄三年に第一子が生まれたが、その日のうちに夭折《ようせつ》（若死に）している。

「今後、実子が生まれても仏門に入れる」と約束した。

「わしの弟の僧侶である義視《よしみ》を後継者にするから準備をよろしく」

と、そこまでは、まあ、よかったのか。

ところが、そのうちに足利義政の息子・義尚《よしひさ》が誕生してしまったのだ。

当然のことながら、御台所《みだいどころ》（将軍などの妻の敬称）の富子は――。

「もちろん、次の将軍は、わが息子の義尚ですよ」

しかし、次期将軍の指名を受けていた足利義視は――。

「将軍になる準備は、いつでも、大丈夫です」と、いう状態だ。

そこで、現・将軍義政が「こうだ！」と、決断を下せばよいのに、そうではなかった。お互いに、有力な味方を得ようと、奔走しはじめた。そこに問題があった。

足利義尚側は、「山名宗全を中心とする諸氏」

宗全は、室町幕府の四職《ししょく》の家柄で但馬《たじま》・備後《びんご》・安芸《あき》・伊賀《いが》・播磨《はりま》の守護大名である。四職とは、守護大名の赤松氏・一色氏・京極氏・山名氏を指す。

足利義視側が、「管領の細川勝元《かつもと》を中心とした諸氏が支援する」という構図となった。

勝元は、土佐《とさ》・讃岐《さぬき》・丹後《たんご》・摂津《せっつ》・伊予《いよ》の守護大名である。勝元の妻は山名宗全の娘（養女）で、元々両者は仲良かった。互いに守護として領国《りょうごく》を多く持っており、どちらが幕府の主導権を握るかで対立をはじめた。

この騒動に機先《きせん》を制して、畠山家、斯波《しば》家などの家督争いが、将軍家と似たようなかたちで起こり合体する。さらに、各地の守護には加勢を要請したため、京都に多くの軍隊が集結してくる。こうして爆発したのが応仁の乱である。

足利義政にしろ、足利義視にしろ、「戦争は、するんじゃない」と、未然に警告を出していた。しかし、意味はまったくなさなかった。

さて、初期の対立構造は、東軍と西軍に別れた。

足利義視側＝東軍の大将・細川勝元軍――。

「足利義政・足利義視・畠山政長・斯波義敏・武田信賢・赤松政則・京極氏など」

足利義尚側＝西軍の大将・山名宗全軍――。

「足利義尚・畠山義就・斯波義廉・一色義直・六角氏など」で細川勝元は、本陣を京都室町の幕府将軍屋敷、花の御所（当時御所をこういった）に置いた。山名宗全は、花の屋敷よりも西側にある、五辻通大宮東の自分の屋敷を本陣としたことから、その位置関係より「東軍」「西軍」と呼ばれた。兵力は『応仁記』などによれば、東軍が十六万、西軍が十一万以上あったとされるが、誇張もあるとされてもいる。

《脚注：足利幕府邸宅屋敷＝室町殿・室町御所・花の御所とも。東西一一〇メートル、南北二二〇メートル。多くの殿舎・庭園美。この応仁の乱で焼失。足利将軍室町第跡（京都市上京区室町通今出川上ル東側。現在は住宅街。町の一角に第跡《だいあと》石碑がある程度》

─京都に集結した諸将は、北陸・信越・東海と、九州の筑前・豊後・豊前が大半であった。地理的には細川氏一族が機内と四国の守護を務めていたことに加え、その近隣地域にも自派の守護を配置していたため、東軍が優位を占めていた。

西軍は山名氏をはじめ、細川氏とその同盟勢力の擡頭《たいとう》に警戒感を強める地方の勢力が参加していた。西軍には、義政の側近でありながら武田信賢との確執から西軍に奔《はし》った一色義直や六角高頼・土岐成頼のように成り行きで参加した者も多く、その統率には不安が残されていた。

一方、関八州（関東八カ国）や奥羽（奥州・羽州）、九州南部などの地域はすでに中央の統率から離れて、各地域で有力武家間の大規模な紛争が発生しており、中央の大乱とは無関係に戦乱状態に突入していた。関東においては、享徳の乱が長引いていて、古河公方と上杉一族と対峙している。

従前、関東に起った享徳の乱のときは、室町幕府は関東政策を強化していたが、この応仁の乱により、関東の戦国は、さらに収拾つかない状態になった。

応仁の乱勃発の年。応仁元年九月七日、河越城主で扇谷上杉持朝が死去（五十二歳）した。跡は、上杉顕房《あきふさ》の遺児で孫の政真《まさざね》が家督を継ぎ河越城主となった。

二

一方、太田家の歌道を見ると、道灌の父・道真は十四年前の康正元年に、家督を道灌に譲って、武蔵国入間郡越生《おごせ》（埼玉県越生町）に隠遁《いんとん》して自得軒《じとくけん》の自邸で歌道を楽しむ生活を送っていた。

道真は、文明二年（一四七〇）一月十日、河越城に歌聖《かせい》（和歌にもっとも優れた人）と称されていた心敬《しんけい》と宗祇《そうぎ》の二人の大家《たいか》を招き、連歌会を催した。時に道真は五十九歳であった。宗祇はこのころ、応仁の乱を避けて東国で歌会を催している。

宗祇は若いころ京都相国寺に入り、三十歳のころ連歌を志したという。宗砌《そうぜい》・専順《せんじゅん》・心敬に連歌を学び東常縁《とうつねより》に古今伝授を授けられた。また、常縁の弟である正宗龍統《しょうじゅうりゅうとう》から漢学を学んでいる。

京に応仁の乱が勃発し、応仁二年（一四六八）十月二十二日には宗祇は京都にて一条兼良《かねよし》に会っていた。一方、心敬は当時、品河の豪商鈴木道胤《みちたね》を頼って五年間も居候《いそうろう》していた。当代一流の巨匠二人そろって参加したことは、歌人道真の生涯でもっとも栄光に満ちた時であった。この二人の歌聖を迎えて、一生一代の連歌会を催したのが『河越千句』一巻（埼玉県立歴史と民族の博物館所蔵）である。

第一百韻《ひゃくいん》の発句《ほっく》には、次のように詠まれている。

「梅園にくさ木をなせる匂いかな」　心敬
「庭白妙の雪のはる風」　道真
「うくひすの声は外山の陰冴えて」　宗祇
「野辺にうすれる道のはるけさ」　中雅

《脚注：百韻とは、連歌・俳諧の基本形式で、発句から挙句《あげく》までの一巻が百句あるもの》

連歌は、心敬十六句、道真十一句、宗祇十三句で、道真は文武両道に長けた武将であることが示されている。これらの連歌師のほかに、『河越千句』は総勢十三名の参加者による連衆ものであった。

道真は、その後も武蔵越生の自得軒の館に隠居し、息子の道灌らを招き、詩歌会を催している。この時、道灌の招聘《しょうへい》で江戸城から同行した萬里集九は、その時の様子を『梅花無尽蔵』巻二に記している。

道灌は、祖父や父の代から歌道に練達し、道灌自身も歌の道に励み、太田家は三代にわたり歌人として世上に名を残している。

ところで、この年から十年ほどかけて、太田道灌は当時の千駄木に根津神社の社殿を奉建した。千駄木は古くは駒込村の一部で、名前の由来は雑木林で薪を伐採、その数が千駄にもおよんだという説や、道灌が梅檀《せんだん》の木を植えた地であり、その木が転訛《てんか》したとの説がある。

【第Ⅱ部】関八州の大乱、平定と悲劇

第一章　激戦地・五十子陣

一

北武蔵の五十子陣《いかつこのじん》（城）は、足利古河公方軍と両上杉軍の両雄が、古《こ》利根川を境に激戦が繰り広げられたところで、前線基地として有名になった。

室町時代中期に武蔵国児玉《こだま》郡五十子（現在の埼玉県本庄市、大字東五十子及び大字西五十子の一部）に所在した平城《ひらじろ》で、「いかっこのじん」「いらこのじん」「いかごのじん」などとも読まれることもある。今でも、地元では五十子城《いかっこじょう》と呼んでいる。例年、「本庄まつり」が行われ、太田道灌の山車《だし》も出る。

十五世紀中ごろに関東管領である上杉房顕《ふさあき》が、古河公方である足利成氏との対決に際し、当地に陣を構え、長禄元年（一四五七）ころに築いたものが五十子陣《いかっこのじん》である。

このころ、太田道灌は、古利根川の西南に存する武蔵国と相模国を守るため、江戸城を築城した。同時に、河越城・岩付城も造営されていった。

―五十子は、本庄台地の最東端に位置し、利根川西南地域を支配していた上杉方にとって、利根川東北地域を支配していた足利方に対する最前戦の地として選ばれた。

当時、五十子の領地を治めていたのは、本庄信明《のぶあき》という武士であり、山内上杉家の五十子陣を守備するために大字北堀（東本庄）の地に館《やかた》を築いている。

堀越《ほりごえ》公方が関東に下向してきた長禄二年（一四五六）には、上杉方は利根川南岸の武蔵五十子に本陣を構築し、利根川東部を勢力圏とした古河方に対峙していた。

同陣には、山内上杉氏・越後上杉氏だけでなく、扇谷上杉氏の当主や家宰の太田道真も在陣した。地理、地形・地勢でみると―。

東五十子城跡の北側には、東流する女堀川《めぼりがわ》の侵食により、段丘崖《だんきゅうがけ》が形成され、その北方には利根川の低湿地帯が広がる。

南には小山川があり、東南八百メートル地点で志戸《しと》川と合流している。これにより、東・北・南の三方を河川の段丘崖に画《かく》された自然の要害地となっている。川がY字状に成し、そのV字の間に五十子陣が築かれた。段丘崖の比高《ひこう》差は三〜七メートルになる。

―鎌倉街道（当時は大道《おおみち》と呼ばれていた）は、武州《ぶしゅう》（武蔵国）の南から北西部にかけて続いており、上州《じょうしゅう》（上野国）まで至る。南の鎌倉に至るまでの勢力分布までの都合上、山内上杉家にとってこの道を掌握されること（分断されること）は、戦力に大きな影響を与えることになる。

武州北西部辺りで、前橋方面、児玉山麓方面、越後方面への分岐点であり、ちょうどこの分岐点に本庄は位置していた。この大道を守護する必要性が生じたことも五十子陣が築造されることとなった一因であろう。

東西を分け断《た》つ地理的な要因と南北へと続く軍事面での道路の関係上、武蔵国の北西部国境沿いに位置した本庄・五十子は、「山内上杉家と古河公方家が対立する最前線地」の一つと化した。

―五十子陣は、激戦の歴史を繰り返し、主要な戦線は次による。

◎長禄元年〜二年（一四五七〜五八）ころに築城されたと推定されている。

◎長禄三年（一四五九）から五十子の戦いが起こり、文明九年（一四七七）まで続く。

◎文正元年（一四六六）、上杉房顕《ふさあき》が五十子陣で没する。同年、宗祇《そうぎ》が連歌を指導しに五十子陣へ訪れる。

◎文明五年（一四七三）、長尾景信《かげのぶ》が五十子陣で没する。その五カ月後、上杉政真が五十子で古河公方軍と戦い、戦死する。

◎文明六年（一四七四）、太田道灌が長尾景春の勧告を無視して五十子へ参陣する（そのまま景春《かげはる》の陰謀を上杉方へ伝える）。

◎文明八年（一四七六）、長尾景春が鉢形城を拠点に、叛旗を翻《ひるがえ》す。

◎文明九年（一四七七）、長尾景春の乱により、五十子陣は陥落して上杉顕定は辛うじて上野国に逃げ帰った。ここに長年にわたった五十子陣は襲撃され解体。約二十年の歴史に幕を閉じる。

◎その後、長尾景春の叛乱を抑えたのは、扇谷上杉家の当主上杉定正を補佐する家宰太田道灌である。これを見た上杉顕定は、扇谷上杉家の擡頭を危惧して足利成氏との講和を望むようになった。以後、戦局は山内・扇谷上杉家への対立へと次第に構造を変え始めようとしたのである。

二

長禄二年（一四五八）には、上野の新田岩松氏が上杉方に転じた。以後、上杉方は古河公方方《かた》への働きかけを強めていく。

「上野桐生佐野氏・下野小山氏・常陸小田氏」らを味方に付けることに成功する。さらに、山内上杉氏は、下野足利荘（栃木県足利市）への進出を遂げる。こうして、上杉方の勢力は、上野では新田荘・桐生領、下野でも足利荘・小山荘などにも及ぶようになる。

これに対する古河公方方の最前線は、上野佐貫荘《さぬきのしょう》・下野佐野荘に後退していった。扇谷上杉氏では、応仁元年（一四六七）に持朝《もちとも》が死去し、家督を嫡孫である政真《まさざね》が継いだ。また、太田道真は寛正二年（一四六一）に隠居して家宰職を太田道灌に譲っているが、引き続き当主の側《そば》にあった。

そうして文明三年（一四七一）四月から、上杉方はそれらに大攻勢をかけた。上野佐貫荘（群馬県館林市）・下野佐野荘（栃木県佐野市）に進攻する。それらを攻略して、さらに古河公方成氏《しげうじ》の本拠古河（茨城県古河市）に進攻した。六月、古河城は陥落、成氏を下総千葉氏のもとに負《お》う。

—扇谷上杉家の家宰太田道灌もこの作戦に、弟資忠《すけただ》と共に、一軍を率いて出陣した。資忠の軍は、特に佐野氏攻めを担当して降伏させ、続いて佐貫荘侵攻では立林城（館林城。館林市）・舞木城（群馬県千代田町）攻めにあり、戦功を上げている。

文明三年（一四七一）の春。古河公方成氏側が攻勢に出て、武蔵国と相模国を突破して箱根山を越え、伊豆の堀越公方・足利政知《まさとも》のいる伊豆国へ進撃せんと図っていた。上杉方は古河公方軍を撃退し、下総の古河公方の拠点・古河城へ追い詰め逆襲を駆けた。

この年、四月から上杉方は上野《こうづけ》東部・下野《しもつけ》の古河方の支城に対して大規模な攻撃を展開した。山内《やまのうち》・扇谷《おうぎがやつ》両上杉軍の総勢三千余騎である。

山内上杉家の主力武将には—。

「家宰の長尾景信《かげのぶ》（景仲の子）・景春《かげはる》父子。景信の実弟総社《そうじゃ》長尾忠景《ただかげ》ら」

景信は、自らが大将として上杉軍を率いて下野に攻め入った。

扇谷上杉家の主力武将には—。

「河越城主の扇谷上杉政真《まささね》で大将として扇谷軍を率いて出陣する」

「同時に、副将として扇谷家の家宰太田道灌・資忠兄弟の軍勢」

が進軍していった。道灌が四十歳の時である。

五月二十三日。道灌・資忠の軍勢は、下野国に入った。

足利成氏方の唐沢山《からさわやま》城主（別称・栃木城。栃木県佐野市富士町）・佐野盛綱《もりつな》を降《くだ》した。

古河方の佐野氏の支城・赤見城（栃木県佐野市）や、城主・南持宗《みなみもちむね》の樺崎城《かばさきじょう》（山城《やまじろ》。標高二〇〇メートル。佐野市）を落した。

樺崎城は、景信や景春らが攻め落とし、古河公方の勢力下にあった持宗を討死させた。

この日、太田道灌らは下野国から上野国に入り、上野国の赤井文六、文三の居城・立林《たてばやし》（館林）城（群馬県館林市城町）を攻略する。

さらに、舞木《まいき》城（群馬県千代田町舞木）を攻めた。

しかし、太田資忠（図書助。子に資雄《すけかつ》）は苦戦を強いられた。太田勢は塀《へい》の庇《ひさし》を破って攻め入ったが、戦死者が続出する。攻防戦が激しかった。予想外に城が堅固《けんご》であったためである。

五月に入り軍勢は下総に攻め入って、遂に八月には足利成氏の居城・古河城を陥落させたが、成氏は本佐倉（千葉氏の領地。佐倉市と印旛郡酒々井《しすい》町にまたがる地域）の千葉孝胤《のりたね》を頼って落ち延びた。

七月二日。京の第八代将軍足利義政より、古河公方方にあった唐沢山城・立林（館林）城を攻略して褒賞され、扇谷上杉政真および太田道真・道灌に内書が与えられた。

翌年の文明四年（一四七二）には、上杉勢も古河城に入る力もなく、千葉孝胤・結城氏弘《うじひろ》・那須資実《すけざね》や弟の雪下殿尊《ゆきのしたでんそん》の支援により、成氏は古河城に帰還した。後に、小山氏も再び成氏方に戻った。

《脚注：古河城は、現在の茨城県古河市の渡瀬川の東岸にあった平城《ひらじろ》。室町時代には、古河御陣と呼ばれ、北朝《ほくちょう》足利氏の拠点の一つであった。古河公方の拠点となった時期には古河御所と呼ばれた》

文明四年（一四七二）二月、山内上杉家の家宰長尾景信《かげのぶ》（白井《しろい》長尾家）は、足利成氏《しげうじ》が古河城を奪い返したため、ふたたび自ら総大将として下総に攻め入り、足利軍と対峙していた。そして、五十子陣《いかっこのじん》で上杉勢と足利成氏勢との戦いがはじまり、景信は、戦いを優位に進めていた。そが、その最中《さなか》の文明五年（一四七三）六月二十三日、五十子陣で陣没した。享年六十一歳であった。

景信は父景仲《かげなか》の跡を継いで、十年の間、山内上杉家の家宰をつとめ、武将たちのまとめ役として責務を全うしたうえでの逝去だった。

景信は、山内上杉憲実《のりざね》の家宰長尾景仲の子として生まれ、父が高齢を理由に隠居したため、その跡を継いで山内上杉氏の当主上杉房顕《ふさあき》氏以来の家宰となっていた。兄弟には、弟に忠景《ただかげ》と景明《かげあき》、妹に太田道真（資清）の正室（太田道灌の母）がいる。

―家宰職は、弟の忠景が継いだが、これに不満を抱いた景信の嫡男・景春《かげはる》が主君の関東管領上杉顕定《あきさだ》に対して叛乱を起したのである。景信の死去は、その跡を当然継ぐと思われていた嫡子景春は外され、実際には景春の叔父である惣社《そうじゃ》長尾忠景《ただかげ》が家宰職に任じられた。

長尾氏は、桓武平氏の一族で相模国鎌倉郡長尾郷から起った名門の氏族である―。

いわゆる、大庭氏、尾浦氏と共に板東八平氏《ばんどうはちへいし》の一つである。源平合戦時の為景《ためかげ》・定景《さだかげ》兄弟は、源頼朝《みなもとのよりとも》の挙兵のとき、大庭景親《かげちか》らとともに平家方について頼朝と石橋山（小田原市）で戦った猛将であった。

室町時代には、長尾氏はそれぞれの「本拠地の地名」をとり、次の四氏である。

「鎌倉長尾氏」（相模国鎌倉郡長尾郷。神奈川県横浜市栄区長尾台他。当時、鎌倉郡）

「惣社（総社）長尾氏」（上野国惣社・蒼海《そうかい》城（総社城とも）。群馬県前橋市惣社（総社））

「足利長尾氏」（下野国足利荘・勧農《かんのう》城。栃木県足利市岩井町）

「白井《しろい》長尾氏」（上野国群馬郡白井・白井城。群馬県渋川市（旧北群馬郡子持村）白井）

三

長尾氏のなかで、長尾景春（左衛門尉《さえもんのじょう》）の白井長尾氏がもっとも有力な武将である。

主家山内上杉家の家宰職就任が祖父景仲、父景信と二代続き、自分もと思っていた景春はこの処置に不満を持った。

白井長尾氏は、これまで長尾景仲・景信の活躍で勢力を大きく伸ばしており、さらに景春が家宰職に就くと、その勢力はさらに拡大することは疑いなしと思われていた。

山内上杉家の奉行衆《ぶぎょうしゅう》（評定衆）は、白井長尾氏の勢力拡大化を懸念し、その阻止を目論み、顕定は奉行衆の意向を入れたものであろう。

この時、長尾景春は――。

「面目なき次第である」と、述懐した。主家山内上杉顕定《あきさだ》の処置に対して叛乱を決意したのである。景春は鎌倉の長尾郷の館を退き、本拠地白井城に移り籠《こも》った。

――叛乱を決意した長尾景春は、各地の国人領主《こくじん》（在地領主）に書簡を送り賛同を求めた。ときには尋ね歩き、直《じか》に話し合って協力を求めた。かくして、景春は国人領主を味方につけると共に、古河公方足利成氏とも手を結んでいく。

関東争乱の元凶である、大つむじ風・古河公方足利成氏は、渡良瀬川の向こう岸にある下河辺城内からじっと景春ら両軍の動きを見ている。つまり、つけいる隙があれば行動を起こして漁夫の利を得ようとしているのであった。

景春は、すでに、関東において武将としても、歌人としても名高い扇谷上杉家の家宰で、景春の縁者（従兄弟）でもある太田道灌にも協力を呼びかけてきた。

―この時、太田道灌は足利成氏に対峙する山内上杉方の本拠地、利根川縁《べり》の五十子陣に、江戸城（東京都千代田区）から参陣しようと準備していた。

ところが景春は、使者を数回にわたり使わして進言してきた。

「今や、上杉氏に忠義を尽くしても、無益だから―」

「やめた方がよい」

道灌は―。

「何をいう。無視する」と、いい放し使者を追い返した。

道灌の江戸城から五十子陣までは、凡《およ》そ十八里余（七十キロ）ある。道灌は、近習《きんじゅう》の斎藤安元ら騎馬勢を引き連れて進発した。その日、扇谷《おうぎがやつ》上杉氏の家臣上田上野介《こうづけのすけ》のいた小河《おがわ》（武蔵国比企郡小河。埼玉県比企郡小川町小川）に立ち寄り一泊した。

景春は、翌日の早暁《そうぎょう》（明け方）。ふたたび、飯塚（埼玉県大里郡花園町武蔵野）から駆けつけ道灌に会見を求めてきた。

「道灌殿、わたしは上杉顕定と憲房父子が憎いのじゃ」

「いま、この父子を亡き者にしようと、策略を練っている最中なのです」

「どうか、五十子陣に参陣しないでほしいのじゃ」と、打ち明けた。

「なんじゃと、わし（道灌）は断る」と、きっぱりいった。

道灌は、これは一大事と思った。

景春とは、従兄弟関係にあり、道灌は四十一歳、景春が三十歳である。いわば道灌は兄貴分《あにきぶん》である。景春は、何か不服を残したまま帰っていった。道灌は、景春が帰った後、すぐさま五十子陣に参陣した。この景春の策略は飯塚次郎左衛門尉《さえもんのじょう》を通じて上杉顕定・憲房父子に知らせた。

五十子の陣営では、景春のいった通りになった。

両上杉家の当主とも道灌の提案をあざ笑った。当主だけではなかった。陣に詰めていた。父の道真も苦笑した。そして、

「景春にそんな甘い処分をするくらいなら――」

「なにも我々は、ここに集まって陣を構えはしない」と、いった。予期していたこの答えをきくと、道灌は第二弾として用意した自分の考えを話した。

「それでは、即座に長尾景春を討ちましょう」

みんな眼を見張った。

「なにを言い出すのだ？」

「こんどは景春を討とうなどと、首尾一貫しないぞ」

一座を代表するようにして、父の道真がきいた。道灌は答えた。

「景春は本気です」

「またかれに一味する在地武士が日を追って増えています」

「やがて、この勢力を悔むことになるでしょう」

「それと、なによりも心配なのは」

「渡良瀬川の向こう側にいらっしゃる古河公方のことです」

「おそらく公方様はこの状況をニンマリと笑って見ていらっしゃることでしょう」

「そうすればあの方のことです、またなにを始めるかわかりません」

「はっきりいえば、わが上杉陣営は前と後ろの両面の敵に挟まれているのです」

「最も危険な場に、陣を置いています」

景春を討てということは、小川の宿場で景春と心の通いあう話をした道灌にしては、かなり非情である。が、これもまた道灌の生き方のひとつであった。


一方、文明四年(一四七二)の春。上杉方の大攻勢によって古河から没落した足利成氏であったが、千葉平山城(千葉市)を出陣して、古河城を回復した。

同年の五月には、新田荘・足利荘に侵攻して、大規模な反撃を展開してきた。上杉方は本陣である五十子陣に在陣し、ふたたび両陣営は、利根川を挟んで対峙することとなる。

そして文明五年(一四七三)十一月二十四日、古河方は五十子陣を攻撃し、扇谷上杉氏当主の政真は戦死する。享年二十四歳（あるいは二十二歳）であった。

政真には子がなく、弟もすでにいなかったため、太田道真・道灌をはじめ「一家の老臣ども評定して」、新たな当主に持朝の三男（正しくは五男か）定正《さだまさ》を擁立した（『鎌倉大草紙』）。上杉定正は、文安三年（一四四六）生まれで、このとき二十八歳であった。

上杉定正の家督継承のころから、太田道真は実権を道灌に譲ったらしく、以後は、道灌が扇谷上杉氏を全面的に主導していく。時に道灌は四十二歳、定正より十四歳の年長であった。道灌は、すでに十年以上にわたって家宰職にあり、合戦においては扇谷上杉軍を指揮し、対外的にも上杉氏との交渉を担うなど、すでに扇谷上杉氏の首脳として、それだけでなく上杉方の中心人物の一人として存在していた。

上杉定正もそれまでは、事実上は道灌の指揮に従う立場にあった。それがにわかに、立場が逆転することになった。この後、道灌は、定正を当主として立てながら、忠義をもって扇谷上杉氏を主導していくことになる。


—文明六年（一四七四）、太田道灌は江戸城で萬里集九らを招き歌合会（和歌の会）を開催した。これは武州江戸歌合と呼ばれる。道灌も自ら和歌を詠んだ。このときの歌合は、伊勢から関東に出てきていた心敬《しんけい》を判者として行われたので、十七人が会に参加し、道灌の弟資忠《すけただ》や、堀越《ほりごえ》公方の重臣である木戸孝範《たかのり》もその中にいた。

第二章　駿河出陣中に長尾景春の乱

一

太田道灌の出陣は関八州に限らなかった——。

道灌は、長尾景春の乱が勃発した年に、駿河でも厄介事を抱えて、まさに八面六臂《はちめんろっぴ》の活躍である（八面六臂とは、八つの顔と六つのひじ。転じて、一人で数人分の手腕を発揮するたとえである）。

道灌は文明八年（一四七六）三月から十月にかけて駿河国《するがのくに》に出陣することになった。

事の起こりは、この年の二月。駿河の今川義忠《よしただ》が遠江《とうとうみ》で戦死したという。義忠は駿河の守護大名で、今川家第六代当主であった。

応仁の乱に絡み、東軍に身を投じ、兵四千余を率いて上洛していた。その後、遠江《とうとうみ》にも出陣していた。が、帰途の暗夜の馬上。敵の残党に不意を襲われ、流れ矢が当たって討死したのである。急死後にその家督をめぐって、今川家中は義忠の嫡子龍王丸《たつおうまる》（後の氏親《うじちか》）と、義忠の従《い》兄弟《とこ》である小鹿範満《おしかのりみつ》を推す勢力に分裂し、国内は内乱に陥った。

「この乱世において、幼少の龍王丸では心もとない」

と、重臣らが範満を担ぎだしたのである。

範満の母は、伊豆の堀越にいた堀越《ほりごえ》公方足利政知《まさとも》（室町幕府第六代将軍足利義教《よしのり》の次男。静岡県伊豆の国市）の重臣である犬懸《いぬかけ》上杉政憲《まさのり》の娘であった。政知は政憲を駿河に派遣し、小鹿範満を支援させる。また、範満の父範頼《のりより》の母は、扇谷上杉氏の姻戚にもなっていた。

相模の糟屋館《かすやかん》にいる扇谷上杉定正も伊豆守護山内上杉氏との対抗からこの騒乱に介入する。そこで、定正は、扇谷上杉家の家宰で江戸城主の太田道灌を特派することになった。

ところが、この騒乱は今川家のみに止まらず拡大し、関東や京都の室町幕府まで波及していった。今川家の内紛に、堀越公方は扇谷上杉家の代理人として、道灌に内乱鎮圧の命を下した。まさに、道灌の人望が高まるばかりである。

—道灌は、今にも謀叛を起しかねない長尾景春の動きを気にかけながら、それらの命を受けて駿河に出陣するのである。

文明八年三月早々。道灌は、近習の斎藤安元らを従えて江戸城を出陣、相模の扇谷上杉家の糟屋館に向かった。

相模国大住郡糟屋庄《かすやのしょう》にある扇谷上杉家の館《やかた》、糟屋館に着き軍勢など協議する。糟屋庄には、道灌の太田屋敷（不詳。推定）があり、ここで軍勢や荷駄隊など整える。さらに、道灌は、太田氏領の愛甲郡愛甲庄《あいこうのしょう》（厚木市）の七沢城《ななさわ》（七沢要害とも。厚木市七沢）で軍勢を整えた。

愛甲庄は、糟屋庄に隣接する領域で、古くは愛甲氏の所領であったが、鎌倉時代に和田合戦・

宝治合戦・霧月騒動など、たびたびの謀叛事件に巻き込まれ、本領の愛甲庄の在地支配権を失った。そのあと有力な鎌倉御家人に与えられた。

鎌倉時代末期から室町時代にかけて、太田氏の所領としていた。愛甲庄は足利家領になり、そのころから太田氏は足利氏の被官であったと推定されている。

そして足利氏の準一門ともいえる上杉氏の嫡流・扇谷上杉氏の家宰（執事）になったのだろう。太田氏は、もと丹波国《たんばのくに》の住人であったが、道灌より五、六代前に、はじめて相模国に移り住んだというのである。すなわち、鎌倉の太田屋敷や糟屋庄の太田屋敷（推定）に住んだと考えられている。

駿河に出陣する道灌の軍勢は――。

「総勢三百余騎である」（『今川記』による）

三百騎の内、道灌の直属百余騎と家来・相模七沢衆二百余騎が含まれていた。

六月早々。道灌勢は相模国大住郡糟屋庄を進発した。

足上郡《あしかみ》（足柄上郡）の坂本関《さかもとのせき》（南足柄市関本《せきもと》）から箱根外輪山の足柄道《あしがらみち》を上り、足柄峠（神奈川県南足柄市と静岡県駿東郡小山町の間にある峠・標高七五九メートル）を越え、駿河小山に出て、御厨《みくりや》（御殿場市《ごてんば》）から駿河に入った。

《脚注：足柄峠は、相模国と駿河国の国境峠である。中世では、ここを足柄坂ともいい、ここより東を「板東《ばんどう》」と称した。足柄峠は板東の入り口である》

一方、堀越公方からも執事の上杉政憲《まさのり》を大将とする軍勢三百余騎が派遣され、道灌は堀越勢と合流し、駿河府中（静岡市葵区）まで進軍した。

ところが、今川側から出てきたのは、得体の知れない伊勢新九郎宗瑞《いせしんくろうそうずい》（後に北条早雲）で、彼と初めて会ったのはその時のことである。

道灌も「この機に乗じて、今川領を乗っ取ってやろう」と、いう気持ちがあった。道灌は景春の叛乱予兆に刺激されたのかも知れない。堀越公方や京都の足利幕府が文句をいうかも知れないが、既成事実を作ってしまえばそれは何とでも切り抜けられる、と勝手な理屈をつけた。とにかく力の世の中なのだ。力のないものは滅ぼされ置き捨てられていく。内紛が起るというのは、その力が衰えた証拠だ。乗っ取りには絶好の機会なのだ。

だが、その企ては北条早雲という思わぬ人間の出現によってうまくいかない。

京の室町幕府・将軍足利義政は、当初から関東の上杉氏を幕府に対して叛乱する危険な存在とみており、上杉氏の娘を母にもつ小鹿範満《おしかのりみつ》に、今川義忠の家督を継がせるのに反対していたのだ。その扇谷上杉家の家宰の太田道灌が、範満の支援に駆けつけたのを幕府は危険な行動と捉えたのである。

幕府に敵対行動のあった義忠が死去したこともあって、幕府は小鹿範満を援助する立場から、今度は急遽、今川龍王丸《たつおうまる》を支援していく方向に転換した結果、龍王丸の母北川殿の父盛定《もりさだ》の代理として、早雲を家督争いの調停役として駿府に派遣したのである。

―北条早雲なる者は、なかなかの切れ者である。京都の室町幕府の政所《まんどころ》執事を務める京都伊勢氏の一族で、備中荏原庄《びっちゅうえばらのしょう》（岡山県井原市《いばらし》）を領とする高越山《たかこしやま》城主伊勢盛定の次男で、道灌と同《おな》い年の四十五歳である。

早雲は伊勢新九郎宗瑞《そうずい》を名乗り、盛時《もりとき》・長氏《ながうじ》・氏茂《うじしげ》ともいった。後に「北条早雲」となるが、早雲は入道した時の庵号《あんごう》である。入道して名は早雲宗瑞。実のところ彼は、生前は北条を名乗っていない。北条を名乗ったのは息子の氏綱《うじつな》（第二代）の代からである。

この北条氏のことを後世の研究者が、すでに滅亡した鎌倉幕府の歴代執権北条氏とは区別して、「後北条氏《ごほうじょう》」と呼ばれる。または、後に小田原城（旧）を攻め、居城の名から「小田原北条氏」ともいう。

二

早雲の妹・北川殿が輿入《こしい》れしている駿河の今川氏に、今回、内紛が起きたので、家中が分裂するも、龍王丸を後見する母の北川殿は、兄の早雲を頼った。

龍王丸は早雲の妹北川殿（早雲の姉の説もある）の子で、早雲の甥にあたる。

それで七月。内紛鎮圧のために、堀越公方政知から派遣された上杉政憲は、狐《きつね》ヶ崎（静岡市清水区）に着陣した。扇谷上杉定正から派遣された道灌は八幡山（静岡市）に陣を張った。つまるところは、この今川家の家督相続に端を発した騒動は、堀越公方と上杉定正との関東の騒乱に発展していくのである。

早雲は二人を訪ね歩き、分裂した家臣の調停策を進言する。

早雲は、道灌に、その調停案を提示した。

「今川家の家臣が、二つに分かれて争っていては、今川家滅亡のもととなる」

「ましてや、主家今川に対して、謀叛しようとしているのでもない」

「それなのに主家を滅亡にみちびくことになっては、これにすぐる悪事はない」

「今川の両方の諸将らが調停をきかず、和議もしないというのであったら――」

「わたくしも、かれらと合戦するよりほかない」

「しかし、もしかれらが、調停を受け入れ和睦するということになれば――」

「わたくしは、幼君龍王殿の隠れ家を知っているから、お迎えに参上して」

「龍王殿を駿府の館（今川館）にお連れしましょう」

「わたくしは、双方を和解させることにしまする」

と、早雲が一流のことを長々と話した。

道灌もこの献策に賛成せざるを得なかったのである。

『今川記』（別本）によれば、早雲の調停案は――。

「今川義忠の嫡男龍王丸を当主にすえることにして、幼い龍王丸が成人するまでは、その後見役を、小鹿憲満が務めるというものであった。当主の代行を憲満が務めることで双方ともに同意して、この騒動は結着をみた」

と、なっている。

今川家の両者は、浅間神社（駿河國総社。静岡市葵区）の社前で神水を酌み交わして和議を誓った。憲満は駿府の今川館（葵区）に入り、龍王丸と北川殿は山西（藤枝市）の小川法栄宅に移った。調停に成功した早雲は京都に帰って、ことの次第を室町幕府に報告したという。早雲は、この時の功によって、今川家から興国寺城《こうこくじ》（沼津市）が与えられたという。道灌は、双方の和解を見とどけて、帰国の途に就いた。

文明八年（一四七六）九月中旬。太田道灌の兵団一行は三島まで戻った。三島から南へ下田街道を進み、大場を経て韮山に進んだ。そこから堀越《ほりごえ》公方足利政知《まさとも》の御所（伊豆の国市）を訪ねた。此度《こたび》の今川家の騒動を無事調停したことを報告したのである。

伊豆国は、実質的には堀越公方が支配する。が、国を守護（警護）するのが関東管領山内上杉家である。それを補佐するのが扇谷上杉家の役目であった。

堀越公方からは、人望の厚い家宰の太田道灌に伊豆の南部を見分（実況見分）していくよう要請があり、三島国府から下田へ通じる道。伊豆の背骨、下田街道を進んでみることになった。このところ、山内・扇谷の両上杉は、五十子陣《いかっこのじん》で古河公方に対峙しており、堀越御所の警備も手薄になっていたからである。それで伊豆の諸将と会うことになった。

―伊豆南部の侍は、深根城《ふかね》（下田市稲梓《いなづき》）の関戸播磨守吉信《せきどはりまのかみよしのぶ》という国人《こくじん》（豪族）がいて、道灌主従の道案内役をしてくれるよう、早馬を走らせ呼び寄せた。

関戸氏の口上では、深根城は伊豆の南端にある城で、先年に山内上杉の命によって築城されたという。関戸は、配下にわずか二百人と一族と雑兵《ぞうひょう》合わせて五百人で守っている城だという。伊豆の東部の侍では、田方郡伊東庄《いとうのしょう》（伊東市）の伊東氏と、その分家の河津庄《かわづのしょう》の河津氏がいるとのことだ。

西部（西海岸）では、駿河湾岸の水軍城で三津浜《みつ》（沼津市）の松下・江梨《えなし》（同市）の鈴木・大見《おおみ》（伊豆市）の梅原・土肥《とい》（伊豆市）の富永・田子《たご》（賀茂郡西伊豆町）の山本・雲見《くもみ》（賀茂郡松崎町）の高橋・妻良《めら》（南伊豆町）の村田氏などの地元の豪族だという。

―関戸播磨守吉信の先導で、下田街道を南に進み、修善寺《しゅぜんじ》（伊豆市）に着いた。ここは桂川（修善寺川）に沿って、すでに相模湾岸の熱海（熱海市）と並び、鎌倉時代から栄えた温泉場であった。道灌の兵団三百余騎は、今までの駿河国での長旅を癒すため逗留《とうりゅう》することになった。

数日後、河津庄（賀茂郡河津町）の河津氏が駆けつけてきた。河津氏は、天城《あまぎ》山麓での鷹狩りに誘った。道灌は兵団と荷駄隊を修善寺の宿に、人馬を休ませ、道灌主従で鷹狩りということになった。

修善寺から、さらに下田街道を進み、伊豆の中間部の湯ヶ島を経て、天城峠《あまぎ》にさしかかり、ここから間道《あいだみち》に入り、東側の天城山麓の笹原の開けた狩場で、鷹狩りをはじめた。久しぶりの鷹狩りを終え、天城の樵夫《きこり》が通る狭い間道を下り、東伊豆海岸の河津というところに出た。

そこから白田《しらた》郷という海岸道を行った。少し行ったら濁った川沿いを上り、奈良本郷《ならもとごう》（集落。伊豆国賀茂郡奈良本。現・東伊豆熱川温泉）というところで、異様な光景を目にした。


何と、川床や川面から湯煙が立ちこめているではないか。それも猿たちが目を細め、気持ちよさそうに川辺に浸かっている。この濁った川（濁川）は相模湾に注いでいる。猿たちが湯浴みをして、たいそう気持ちよさそうだ。

郷民たちは、「どうかんさま、道灌様」と、寄ってきた。

「この川は、まさに、「熱い川」（熱川）」である」

と、道灌が自ら絶賛を博した。

《脚注：熱川周辺は、天城火山の外輪山で箒木山《ほうきやま》（一〇二四メートル）を中心とする噴火活動によって生じた地形、山裾が断崖となって相模湾に落ち込んでいる。この海岸線に大川・北川・熱川・片瀬などの名湯が発達している。火山性のゆるやかな広い台地上には、熱川奈良本の名湯で知られている。現在では「東伊豆熱川温泉」として旅情を楽しませてくれる。「太田

道灌の銅像と猿の湯浴みの銅像」が建立され名物となっている》
―太田道灌は、伊豆の豪族とも会い、熱い川を悦に入り、面白くも見分したので、帰路に就くため修善寺に戻って逗留し、江戸城に戻る準備をする。三島から御厨《みくりや》（御殿場市）に行き足柄峠を越え、九月末には、相模糟屋庄の舘に帰陣した。そして、十月末には江戸城に帰った。

道灌の出陣の目的は、内乱の鎮圧にあった。内乱が続くと、堀越公方勢力や上杉方に影響が出かねない。しかし、八カ月にわたる出陣の期間、内乱の鎮圧という難題の解決にあたっていたにもかかわらず、山内上杉氏は一度も連絡してこなかった。そのため、道灌は臍《へそ》を曲げてしまい、帰陣後はすっかり江戸城に籠ってしまった。そしてこの事態が、すでに山内上杉氏に敵対の態度を示していた長尾景春の叛乱を許すことになるのである。

三

長尾景春は、太田道灌を仲間に加えることはできなかったが、道灌が文明八年（一四七六）三月に江戸城を出発、駿河に遠征中、その間に味方を募っていた。
四月ころから、景春は叛乱を企て、道灌の留守中に武蔵鉢形城（埼玉県大里郡寄居町）に移り、景春に味方する傍輩《ぼうはい》（同じ主人に仕える同僚）や被官《ひかん》（下属して家臣となる武士）および、狼藉《ろうぜき》人（理不尽に他を犯す乱暴者）などは、日に日に倍増していったのである。

―鉢形城は、深沢川が荒川に合流する付近の両河川が谷を刻む断崖上の天然の要害である。平《ひら》山城《やまじろ》で、南西側に三つの郭《かく》を配し、両河川の合流地点である北東側に曲輪《くるわ》が連なる連郭式の構造である。また、北西側の荒川沿岸は断崖に面するところだ。

《脚注：鉢形城を初めて築城したのは関東管領山内上杉氏の家臣である長尾景春。その後、小田原の後北条氏時代に北条氏邦《うじくに》によって整備拡張された。現在、鉢形公園として整備され、園内には、ガイダンス施設として「鉢形城歴史館」がある》

次に示すように、長尾景春に味方した傍輩や被官の分布は武蔵を中心に広範囲におよび、その数も相当数にのぼる（道灌状より作成・一部追記含む）。

国名	傍輩	被官
上野国	長野左衛門尉為兼＝箕輪城（高崎市）他	宝相寺の吉里宮内左衛門尉
武蔵国	豊嶋泰経・兄（官途名・豊嶋勘解由左衛門尉）＝石神井城（東京都）	矢野兵庫助＝小机城（横浜市）
	豊嶋泰明・弟（同　平右衛門尉）＝練馬城（東京都）	
	長井左衛門尉＝長井城（埼玉県熊谷市）	

大石石見守＝二宮城（東京都あきる野市）
同駿河守、小宮山左衛門尉
大串弥七郎、長尾景利
相模国　金子掃部助＝小沢城（神奈川県愛川町）　溝呂木＝溝呂木城（厚木市）
長尾氏の手の者築城（不詳）＝磯部城（相模原市。小沢城の支城）
海老名左衛門尉、本間近江守。被官・越後
五郎四郎＝小磯城（大磯町）
甲斐国　加藤某＝鶴河城（不詳）
越後国　長尾為景＝春日山城（新潟県上越市）

道灌の留守中は、景春にとって絶好の機会が訪れていた―。
文明八年（一四七六）六月、長尾景春は兵二、三千余を率いて、五十子陣《いかっこのじん》の山内上杉顕定《あきさだ》の陣を襲った。そして五十子陣への交通を遮断し、食糧を運ぶ道も絶った。まさに、関八州における下剋上《げこくじょう》の戦国の様相である。
《脚注：下剋上とは、下位の者が、上位の者の地位や権力をおかすことである。室町中期から戦国時代にかけて特に激しくなった》
この時の様子は―。

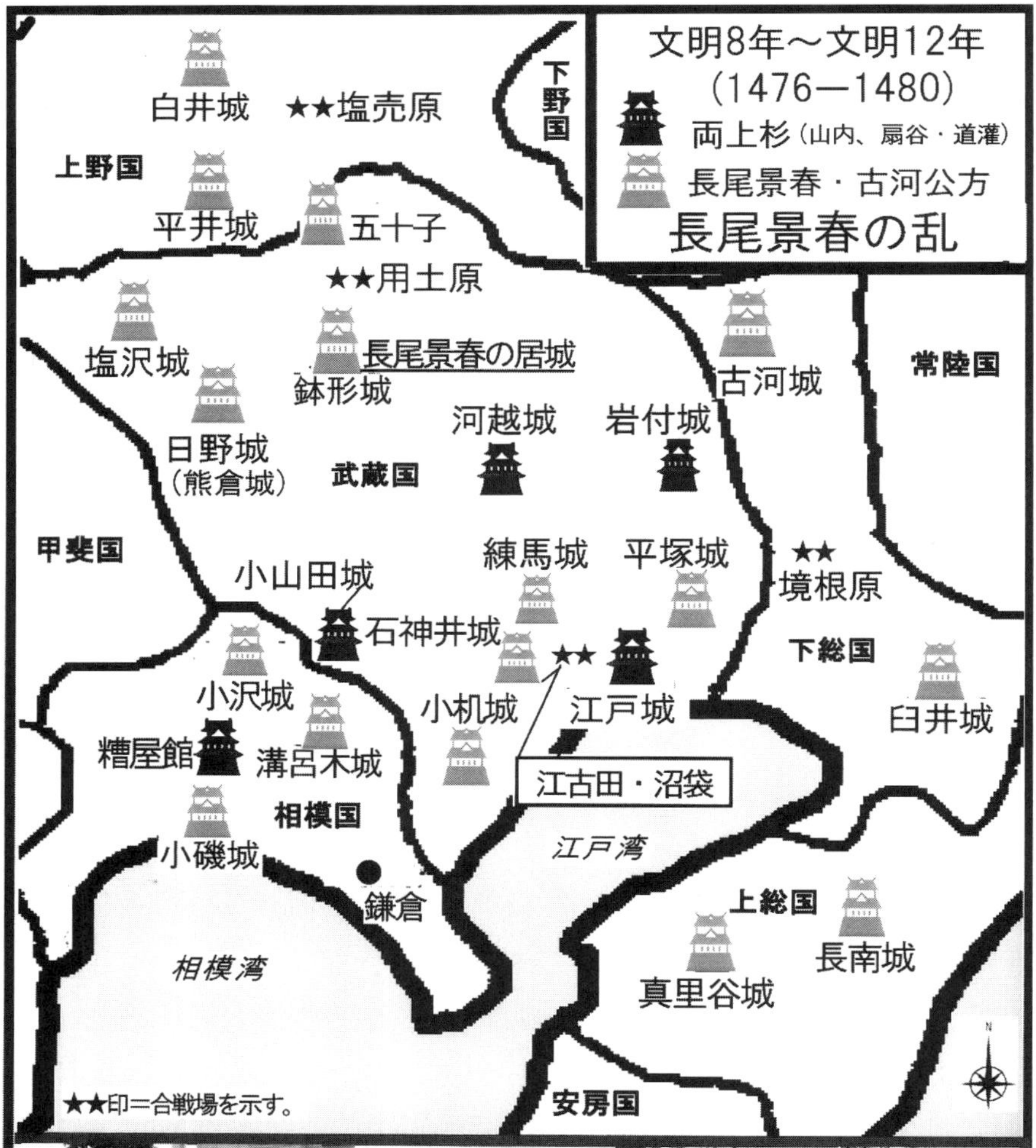

川越市役所前　岩槻区役所前　岩槻区 芳林寺　越生町 龍穏寺　東伊豆町 熱川

橋本次郎先生作／(株) 山本光秀堂／冨田憲二・山本明良先生作／橋本次郎先生作／堤 達男先生作

太田道灌の銅像（制作彫刻家）建立地／埼玉県および静岡県熱川

□取材協力:川越市・岩槻区役所、芳林寺、越生町、龍穏寺、東伊豆町。《図版:加藤美勝》

図-6 長尾景春の乱・関係図、太田道灌の銅像

「家々門々にらみ合事、其の際限りを知らず」

と、いったようであると、景春勢たちは報じていた。

その後、景春は手勢二千五百余騎を五十子から引き分けて、鉢形城に入り、後方を固めて持久戦となり北武蔵一帯に景春の勢力が及んだ。

一方、山内上杉氏と抗争を繰り返していた古河公方足利成氏《しげうじ》の協力を全面的に得られるかどうかが、長尾景春にとって大きな課題であった。

成氏は、結城、小山、宇都宮氏といった伝統的豪族によって支えられ、依然として権威を示しており、すきあら、鎌倉に復帰しようとねらっていた。主君の山内上杉氏を倒そうとする景春が出陣すれば、当然両者の利害が一致し、手を結ぶのは目に見えている。

景春が鉢形城を本拠地にした理由があった――。

「武蔵・上野の両国を支配するのに適した地理的位置にある山内上杉氏の平井城（群馬県藤岡市）、扇谷上杉氏の河越城（川越市）や錦《にしき》の御旗《みはた》を掲げ、対古河公方の結集点であった五十子陣の連絡を絶ち切るのに重要な地点だ」

「それに、背後にあたる秩父が、重要な役割を担う」

と、景春が考えたのであろう。

「景春の従弟犬懸長尾景利《かげとし》の所領が、秩父内に存在していたこと」

「秩父に多くの所領を有し、秩父郡内の惣成敗権《そうせいばい》を認められていた安保《あぽ》氏が景春方について景春と結びつく可能性が強かったこと等」が、秩父と景春を結ばせる接点であったようである。

「当時の秩父内の社会状況として、反上杉行動をとっていた国人領主が存在し、

いたこと」

第三章　石神井城、江古田・沼袋原の戦い

一

太田道灌は、駿河国今川氏の内紛を鎮定し、江戸城に戻ってくると、その間に長尾景春は完全に謀叛の準備を整えていたことを知った。道灌が江戸に戻ってきたのは、文明八年(一四七六)十月末である。その年が暮れ、年が改まると――。

文明九年の正月十八日のことである。

「長尾景春の乱」が本格的に展開された。

ふたたび、景春は居城鉢形城から五十子陣《いかつこのじん》にいた山内上杉顕定《あきさだ》と扇谷上杉定正《さだまさ》らを襲った。

上杉方の本陣五十子陣は間もなく崩壊、関東管領上杉顕定らは上野に撤退する。

両上杉は――。

「小勢にて叶《かなう》まじ」として、上野へ撤退したのだ。

景春がいずれは攻めてくるだろうと思ってはいたものの、正月のことだったので、両上杉の陣は油断していたのである。

虚《きょ》を衝《つ》かれて両軍は敗走した。それはただ油断していただけでなく、景春の軍勢が意外と多

かったためである。景春に与《くみ》する地方豪族がたくさん従っていた。上野へ退いたのは、関東管領山内上杉顕定、これを支える扇谷上杉定正、長尾忠景、道灌の父太田道真たちである。

「上野へ打越し、大勢を催し、景春を退治すべし」

と、気勢を挙げるが、巻き返しが難しい。

両上杉の軍は北に走って、上野の那波庄河内《なはのしょうかわち》（群馬県佐和郡）に陣を移した。いまの伊勢崎市のやや南方にある利根川の左岸の地域だ。右岸の五十子と向かいあうような場所にある。川を越えて上州側に移ったのである。

顕定の兄越後上杉左馬助定昌《さまのすけさだあき》は白井城《しろい》に、顕定自身は阿内城《あない》（前橋市亀里町阿内）に、扇谷定正は白井と阿内の中間、細井口（前橋市に上・下細井町とあり、この辺りか）に入った。

太田道灌は憂慮した――。

「五十子にいるのさえ関東全体の鎮定にはあまりいい場所だとは思えない」

「さらに北方に移るというのは、いよいよ関東全体を累卵《るいらん》（卵を積み重ねること）の危うさに置くようなものだと思う」

この観点から情勢を分析した道灌は、次のようなことを考えた。

「とにかく、両上杉家は河越城まで戻ってくることだ」

「足利幕府から命ぜられたとおり、そこを拠点にして古河公方と対峙する姿勢を保つこと」

「これは、両上杉家が河越にあり、また自分が江戸城にあることによって」

「古河公方を強く牽制する姿勢に戻れることである」

「それにしても、景春の謀叛が原因なので、景春をどう扱うかが急務であるのだ」

と、道灌は頷いた。

両上杉が撤退した後、道灌は阿内《あない》に在陣していた。

そこに景春の方から、大石石見守《いわのかみ》を始め、宝相寺《ほうしょうじ》・吉里宮内左衛門尉《よしざとみやうちさえもんのじょう》らの面々を遣わし、山内家の「始中終之儀《しちゅうしゅうのぎ》」について意見を尋ねてきた。

道灌は、これら使者に対して――。

「謀叛などと言うことは、すぐに止めるべきだ」

「鉢形城から退去して、顕定殿に謝罪し、恭順の意を示したほうがいい」

と、勧めた。だが、景春は、聞きいれなかった。

逆に、景春の傍輩や被官人は反上杉の旗を鮮明にした。景春の一味には、相模国では景春の被官人溝呂木城《みぞろぎじょう》（神奈川県厚木市）に籠る溝呂木氏、小磯城（中郡大磯町西小磯）に籠る越後五郎四郎。傍輩で小沢城《こさわじょう》（神奈川県愛甲郡愛川町角田）に籠る金子掃部助《かもんのすけ》らがいた。

《脚注：溝呂木城＝遺構は、厚木市内のどこにあるかは、未確定となっている。厚木市によると、相模川と中津川・小鮎川の三つの川が合流する地点と推定。もっとも相模川の氾濫で昔と今では地形が変わっている。城主は溝呂木正重の説がある》

さらに、武蔵国には――。

「かれの傍輩で豊嶋郡の石神井城」(東京都練馬区上石神井)

「同じく、練馬城」(東京都練馬区春日町一丁目豊島園内)

に、楯籠《たてこも》る豊嶋泰経《としまやすつね》・泰明《やすあき》兄弟を始めとする豊嶋一族がいる。

豊嶋氏は、平安時代から続く南武蔵の名族。泰経は豊嶋氏当主で石神井城主、妻は長尾景春の妹の説がある。元々、豊嶋氏は板東八平氏の一つ秩父氏より分かれた名門を誇り、豊嶋庄《としまのしょう》を中心として江戸に広大な土地を領していた。

昔、豊嶋氏は源頼朝にしたがって鎌倉幕府成立に功績を残し、十三世紀には石神井郷を領地として譲与され、本拠地を平塚城(豊嶋近義の築城。東京都北区)から石神井城(練馬区)に移した。豊嶋一族は豊嶋郡から練馬、石神井と石神井川沿いに勢力を伸ばし、代々豊嶋郡の多くを領する一大豪族となった。赤塚氏・板橋氏を始め多数の一族を分流し、武蔵国に豪族としてゆるぎない地位を築いていたのだ。

《脚注:石神井城は現在「石神井公園」として整備。練馬城は現在「としまえん(遊園地)》

豊嶋氏側からいうと。鎌倉時代から室町時代にかけて、南北朝以後の動乱期において、太田氏の勢力伸長に伴い豊嶋氏の先祖代々の土地が侵略されたという。そのため、太田氏に対する反感は根強く凄まじいものがあったようだ。

豊嶋氏は山内上杉の被官であったが、太田氏に対する強い反発から、此度《こたび》、長尾景春に加わり、これによって太田父子を打ち倒し、挽回を計ろうと考えたのであろう。豊嶋氏らは江戸・

河越の通路を取り切ることを考えた。その他多くの中小の在地武士が景春方に参陣したのである。

この風雲急の事態、両上杉の危機を救ったのが、扇谷上杉家の家宰太田道灌である。あの阿内《あない》から江戸城に戻った道灌を、思いもよらぬ事態が待っていた。それは武蔵国の豊嶋郡、足立郡、および新座《にいざ》郡にかけて領地を持っていた豊嶋氏が叛乱を起したという報告だった。それも、豊嶋氏だけが叛乱を起したのではなく、その支族もいっせいに蜂起したのだ。豊嶋氏の支族（庶流・分家）は、地域に支配を持ち、次の面々で多数であった。

「赤塚氏＝武蔵国赤塚（板橋区下赤塚町）に居所。江古田・沼袋の戦いで戦死」
「志村氏＝武蔵国志村城本拠（板橋区志村）」
「板橋氏＝武蔵国板橋（板橋区）に居所。江古田・沼袋の戦いで戦死」
「宮城氏＝武蔵国足立郡宮城に居所。鎌倉御家人の葛西清重の子の朝清の系統」
「平塚氏＝武蔵国豊嶋郡平塚城本拠＝別名豊嶋城（平塚城址＝北区平塚神社）」
「その他に滝野川氏・練馬氏・小具氏・白子氏・庄氏の多数の庶流」

それぞれが砦を構えて、威勢を張っている。だか、近ごろは豊嶋氏全体の地盤低下が甚《はなは》だしく、道灌から見ると、なかなか威勢が振るわないようだ。

それを一族の統率者である豊嶋泰経が呼びかけて――。

「この混乱に乗じて、豊嶋氏を再興しよう」と、呼びかけたのである。

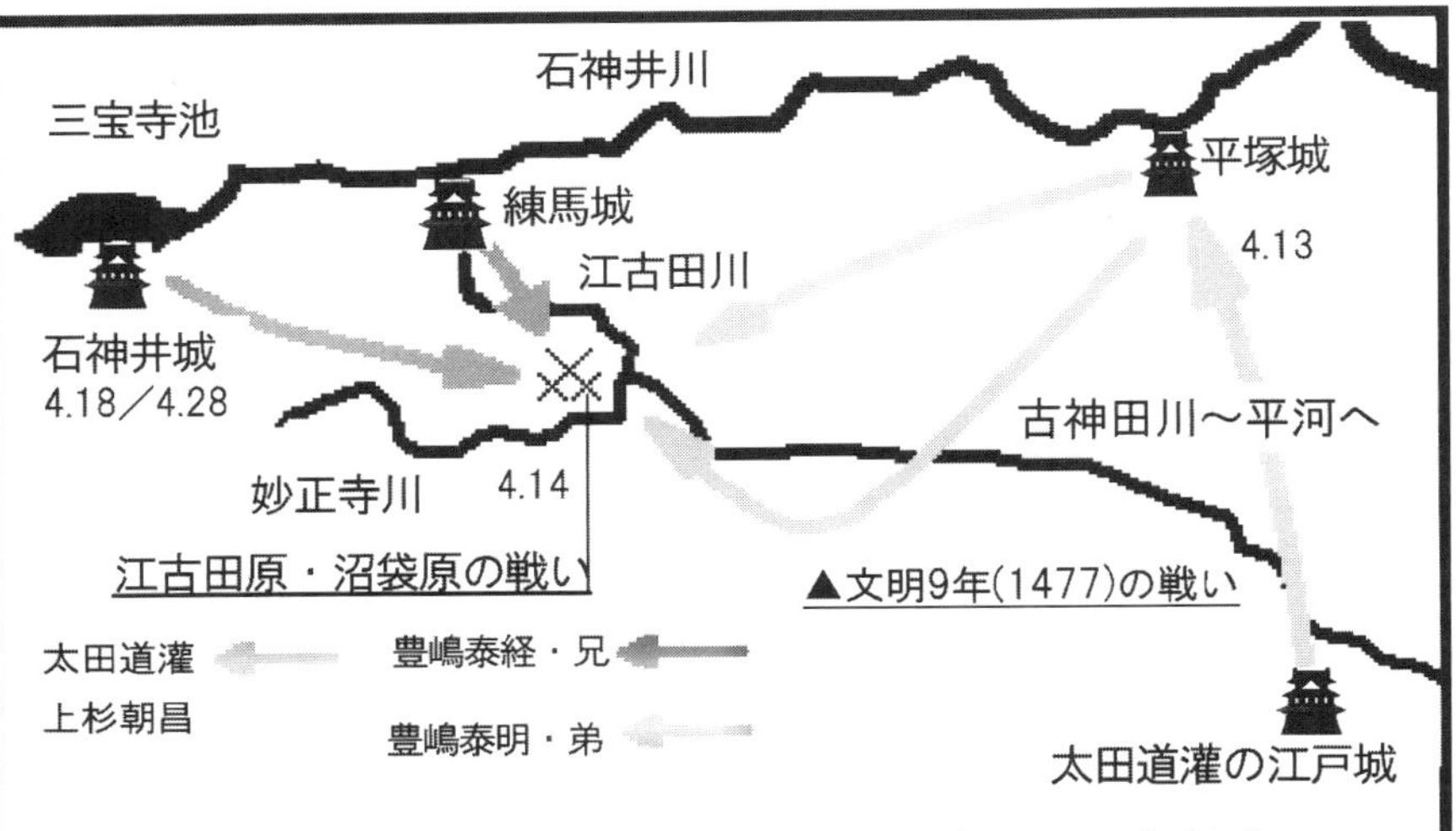

太田道灌の「江古田原・沼袋原の戦い」の進攻図

石神井城跡の碑
(練馬区石神井台)

練馬城跡・豊島園入口花壇辺り
(練馬区向山・遊園地)

平塚城跡＝平塚神社
(北区上中里)

江古田・沼袋原古戦場跡の碑
(中野区江古田・沼袋付近)

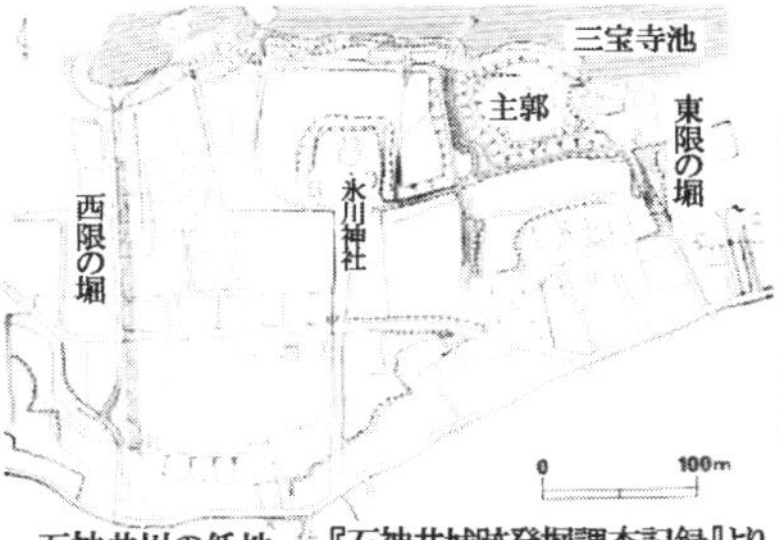

『石神井城跡発掘調査記録』より

石神井城・氷川神社位置図
(練馬区石神井台)

太田道灌の陣跡とされる
氷川神社
(練馬区石神井台)

□取材協力:東京都練馬区役所・氷川神社、中野区役所・北区役所他　《図版:加藤美勝》

図-7　太田道灌の江古田・沼袋原の戦い（東京都）

この呼びかけに、一族は賛同した。長い間、その呼びかけを待っていたからだ。統率者の豊嶋泰経《やすつね》は石神井城に楯籠《たてこも》った。弟の豊嶋泰明《やすあき》は平塚城にいたが、石神井城と練馬城にも兵を出している。

長尾景春の謀叛に加担している越後五郎四郎は、相模の小磯城に楯籠った。金子掃部助《かもんのすけ》は小《こ》沢《さわ》城に楯籠った。そして景春の部下の一部が溝呂木城に楯籠った。それぞれ両上杉に叛乱する旨を宣言した。すなわち、長尾軍と豊嶋軍は事実上連合したのである。

長尾景春にとって豊嶋氏が味方ついたということは重要な意味を持っており、道灌の江戸城と扇谷上杉定正の河越城の連絡を断つ役目をし、戦略的に心強い味方を得たのである。

太田道灌の見たところ豊嶋氏の戦略は、江戸城の道灌と上州（上野国）にいる両上杉家との遮断にあると思えた。そして、武蔵国西方から相模国一帯にかけて、乱に乱して両上杉家の拠点をなくしてしまおうという作戦である。

上杉家の本城は相模国にあり、とくに道灌の主君扇谷上杉定正は糟屋館を構えている。今の伊勢原市域の西方である。長尾軍と豊嶋軍の両勢力が入った小沢城や、小沢城の支城磯部城(相模原市)、小磯城、溝呂木城は、この糟屋館からわりと近い。したがって上杉家の本拠は、完全に叛乱者に包囲されたことになる。

道灌は河越城と連絡をとるためにも、豊嶋泰経・泰明兄弟の楯籠る石神井・練馬の両城を落とすことを第一とした。道灌はひそかに配下の相模勢を江戸城に招き寄せ、軍勢を整える作戦を練った。

二

文明九年（一四七七）三月十四日夜の大雨となった。

太田道灌は、豊嶋氏の石神井、練馬の両城へ夜襲をかけることにした。ところが、途中大雨が降り多摩川の濁流が増え、氾濫したために、上杉軍たる道灌軍は渡河できなかったので、この日の夜襲は取りやめとなった。

道灌は直ちに矛先《ほこさき》を転じて、相模国の長尾景春方に付いた者どもの掃討《そうとう》にかかることを決意する。そこで、道灌は状況を改めて判断し直し、次のように作戦をガラリと変えた。

「武蔵国西方から相模国にかけての叛乱軍の拠点を攻撃し」

「江戸城と河越城の守りを固くする」と、言い放った。

つまり、相模一帯の敵は攻撃するが、江戸城と河越城についてはむしろ守勢に出るという作戦だ。攻撃と防御の二つながらの戦略をたてたのである。

四日後の三月十八日。道灌軍は相模勢の七沢衆二百余騎（七沢城＝七沢要害）と合流した。

まず、相模の溝呂木《みぞろぎ》城（厚木市）を攻めた。景春方に付いた城主の溝呂木正重は、驚愕《きょうがく》し間もなく城に火をかけ逃亡した。

溝呂木氏は半農半武士の地侍で、いわば野武士の集団のようなものであったと伝えられている。溝呂木一族は、手に負えず城に火を放ち、近くの相模川岸から舟を仕立て、上流にある磯部城（相模原市磯部）へ逃げ込んだ。後日、道灌軍が小沢《こさわ》城（愛川町）を攻めた時、後詰を断つため磯部城を攻めたので降参した。

さらに、道灌軍は、小磯城（別称・大磯城）を攻撃。越後五郎四郎が降伏した。現在では、旧・吉田茂邸（元総理大臣・大磯の私邸）の脇、小磯城の麓となる国道1号を横切る形の川は、血洗川と呼ばれ、兵士が刀の血や体についた血などを洗ったという伝えが今に残っている。

《脚注：小磯城公園では、甲冑《かっちゅう》時代劇による「戦国時代絵巻」がほぼ毎年開催されている》

翌十八日。道灌軍は、ふたたび、城主の金子掃部助《かもんのすけ》が楯籠《たてこも》る小沢《こさわ》城（愛甲郡愛川町小沢）を攻撃した。

小沢城は、水郷田名《たな》（相模原市）の中津川（相模川）の対岸（愛川町）の山城《やまじろ》（標高八十メートル。比高七十メートル）である。田名と小沢の間の中津川には、古くから「小沢の渡し」があり、交通の要所となっていた。太田道灌軍は、田名の地侍であった田名氏館《やかた》跡地付近に本陣を構えた。

しかし、小沢城は、中津川に面した山頂で、難攻不落の堅城であった。

溝呂木・小磯の両城は、一日で落としたが、小沢城には手を焼き、守りが固い。そこで兵力を増強したが、小沢城は攻め落とすのに、一カ月余を要し翌月まで戦いが続く。

道灌は、河越城に弟の資忠《すけただ》、上田上野介《こうづけのすけ》を付け、江戸城には上杉朝昌《ともあき》（主君扇谷上杉定正の弟）・三浦高救《たかひら》（定正の兄）・吉良成高《きらしげたか》・大森実頼《さねより》・千葉自胤《よりたね》を入れて武蔵の守りを固めさせた。

一方、長尾景春方も後詰《ごづめ》に動き、吉里宮内《よしざとみやうち》・宝相寺《ほうしょうじ》らが小山田要害（小山田城。東京都町田市）を攻め牽制した。小山田城は、相模と武蔵国の国境付近にあり、道灌は、すでに大改修を終えていた。小山田城は、元々、景春方に与《くみ》した溝呂木城・小磯城・小沢城に対抗する扇谷上杉方の拠点であった。

四月十日。景春に与《くみ》した小机《こづくえ》城主（横浜市）矢野兵庫助《ひょうごのすけ》が河越城を攻撃のため、苦林《にがばやし》（埼玉県入間郡毛呂山町苦林）に出撃してきた。道灌の弟の太田資忠が、勝原《すぐろはら》（坂戸市石井）で討ち破った。矢野兵庫助は重傷を負って撤退、敗走した。

四月十三日。道灌は、江戸城を進発し、氷川神社（東京都中野区）の道灌本陣から出撃、豊嶋泰明《やすあき》の楯籠る平塚城（東京都北区滝野川と中里の辺り。王子駅の近く）を急襲し城下に放火した。そして道灌が引き上げる途中、これを見た練馬城主の豊嶋泰明は、石神井城にいる兄の豊嶋泰経《やすつね》に連絡を取り、その兵二百余騎で出撃してきた。

道灌は直ちに兵を引き返して、これを迎え撃つため移動し、十四日、江古田《えごた》原・沼袋《ぬまぶくろ》原に豊嶋軍を誘《おび》き出し合戦となった。この戦場は、当時の江古田川と妙正寺《みょうしょうじ》川が落合《おちあ》う（合流）ところにある原野である。この未墾の原野は、薄《すすき》や茅《かや》などが群生し見通しがきかない。道灌は、あらかじめ、江古田原付近の草薮《くさやぶ》に伏兵を潜《ひそ》ませた上で、少数で挑発行為を行い、草叢《くさむら》の平場に誘き出し、野戦に持ち込み、隠れていた道灌は得意とする足軽戦術・足軽隊の伏兵が突然襲いかかった。

『鎌倉大草紙』によれば、この合戦で、豊嶋方は泰明のほか、部将の板橋・赤塚の両氏ら百五十余名が討死した。生き残った豊嶋泰経と従軍の兵は、石神井城へ敗走していった。

《脚注：東京都中野区の哲学堂公園には「江古田原沼袋古戦場」の石碑が立てられている》

十四日夕刻。道灌は、間をおかず、愛宕山《あたごやま》（練馬区上石神井三丁目）に陣を敷いて、泰経が逃げ込んだ石神井城を睨《にら》み対峙した。

そして、四月十八日。石神井城を総攻撃する。豊嶋泰経が城を出てきて、道灌に面会を申し込んだ。

「会いましょう」と、虚心坦懐《きょしんたんかい》にこれに応じた。泰経は、こう言った。

「石神井城を壊して我々は城を出ます。和睦してください」

その時、名門の泰経は、さすがに降伏するとはいわなかった。

道灌は了承した。その方がいいと思ったからである。すでに弟の豊嶋泰明と、その軍を壊滅させて充分に戦績をあげている。

当時、城の破却を条件にすることは、降伏の作法でもあった。しかし泰経は一向にこれを実行しない。

なんだかんだいって城を壊す作業をのばしている。よく見ていると、壊していたのではなく、どうも補強をしているようだ。時間を稼いで城をさらに頑丈に修復しているのである。これを知った道灌は容赦しなかった。一挙に攻撃を開始し石神井城を落としにかかった。あの時、豊嶋泰経は、面従腹背《めんじゅうふくはい》の体《てい》だったことを、道灌の脳にはしった。

《脚注：面従腹背とは、表面は服従するように見せかけて、内心では反抗すること》

一方、太田道灌は、同時に一隊を割いて、三月に落とせなかった相模の小沢城に急遽向かわせた。こうなると、小沢城の戦意も落ちていると思ったからである。計略は当った。小沢城の城主金子掃部助は降参し、その日のうちに道灌軍の軍門に下った。

ところで、小沢城の落城には悲話が残っている。それが有鹿《あるか》伝説である。

「有鹿姫は、海老名郷（海老名市）の海老名氏への輿入れが決まっていた」

「それが戦によって、城が落ちて台無しとなった」

「絶望した姫は、絶壁の崖上から相模川に身を投じた」という話である。

四月二十八日の暗夜。偽りの降参とみなした道灌は、ふたたび総攻撃を開始した。たちまち、石神井城の外城を攻め破り落とした。城兵達も士気が著しく下がり、夜のうちに大半が逃亡してしまった。首将の豊嶋泰経もその中にいた。泰経が闇夜に紛れて逃亡したため石神井城は落城した。

　こうしていったんは起き上がったものの豊嶋一族の家門再興の望みは、むなしく消えた。叛乱を起す前以上に一族は分散し、滅ぼされてしまった。すべて太田道灌の功績である。しかも、道灌がそれに要した時間はわずか一年であった。

　道灌は、石神井城を陥落させ、江戸城と河越城との連絡を回復させて行動の自由を得た。これで、主君の山内上杉顕定や扇谷上杉定正とも合流し、北武蔵や上野方面を転戦することができる。

第四章　武蔵用土原、上野塩売原の戦い

一

文明九年（一四七七）五月十三日。山内上杉顕定に叛旗を翻し、独立した長尾景春が強大化することを警戒した扇谷上杉定正の家宰太田道灌は、顕定・定正を迎えに上野国に向かった。この日、ようやく利根川を越え、前線基地の五十子陣《いかつこのじん》に両上杉を復帰させた。

この年の正月の五十子退陣より、半年もたたないうちに、道灌は武蔵国・相模国を平定し北上して、両上杉氏を上野から迎えたのである。

長尾景春は道灌達のこの動きを見て、上州勢を引き誘い五十子陣・梅沢（本庄市）に陣を取り、道灌らに刃向かい対峙した。

そこで道灌は、味方の長尾忠景と軍議を開いた。

「次郎丸より鉢形に打ち上げて—」

「御敵陣の間へ馬を入るべき様の威を成し候《そうろう》へば」

「御敵原中打ち出すべく候か」

「途中に於いて御合戦あるべき旨」と、主張した。

つまり上杉勢が景春の鉢形城へ打って出て、景春らの帰路を塞《ふさ》ぐ手に出れば、景春は必ず陣を移して、用兵に便利な野原に打って出て来るであろう。その移動が終わらぬうちに攻撃をしなければ、必ず勝つであろうという作戦であった。だが、この作戦はその日の軍議では決まらなかったらしい。

五月十四日の早暁《そうぎょう》。道灌は、こんどは忠景に相談しないで、自分の考えのもとに、長尾景春を誘《おび》き出すことを画策した。

武蔵国榛沢《はんざわ》郡（埼玉県深谷市岡部周辺）に出陣していた景春の軍勢と、景春の本拠・武蔵国鉢形城との間に兵を入れることによって分断することに成功する。慌てて鉢形城に戻ろうとした景春勢は兵を率いて用土原《ようどはら》の針谷（埼玉県大里郡寄居町用土前郷地付近）というところに陣を移し始めた。

これを見た道灌は―。

「景春がひっかかったぞ！　予想通りになった」

「不意を襲おうぞ！」と、気勢をあげる。

そこで、すぐさま道灌をはじめ、両上杉・長尾忠景・板倉美濃守・大森信濃守らは突如進む方向を変え、足軽騎馬隊が土埃《つちぼこり》を巻きたてて長尾景春軍に襲いかかった。

上杉・道灌軍の裏をかくつもりでいた景春は、逆に上杉・道灌軍に裏をかかれて狼狽《ろうばい》した。不意をつかれてたちまち大損害を受け、多くの戦死者が出た。

ところが、なぜか景春は反撃せずにそのまま逃走し始めた。上杉軍の中に太田道灌がいることを知っていたからである。

「道灌の奴、ついに本性をあらわにしたな！」と、景春は喚《わめ》いた。

不意をつかれた景春は大敗を喫し、そのまま鉢形城に逃げ込んだ。この戦いは道灌の圧倒的勝利に終わった（「用土原の戦い」）。用土原・針谷というところは、平野部でなだらかな丘陵地帯が広がるところで、この戦いは、まさに野戦そのものである。

ところで、「用土」という名称の由来がある。

「古くは淀《よど》村と称し、坂上田村麻呂《さかのうえのたむらまろ》の蝦夷《えぞ》平定の折に―」

「土偶を作るのに、土質が適していることに因む」といわれる。

その後、この地は旧鎌倉街道が通り、用土原と呼ばれ広野であったため、しばしば合戦場となったといわれる。

この戦いで、景春方の上州一族の長野左衛門尉為兼《さえもんのじょうためかね》が討死した。また、上杉方では大石源左《おおいしげんざ》衛門尉《えもんのじょう》が討死し、「其の外両方之死亡、其の際限を知らず」といった様子であった。

こうなると、山内・扇谷の両上杉の首脳部も勢いがよくなる。

―両上杉・道灌軍はさらに鉢形城を攻め落とすために、富田（寄居町）・西方田（本庄市）・甘粕原（美里村）に陣を張り、鉢形城を包囲した。

北から一挙に南下して鉢形城を攻撃する態勢をかためた。景春が初め味方に付け頼みにしていた相模の侍や江戸の侍は、すでに道灌が平らげているので、この方面の敵が出て来る心配はない。鉢形城は北と南から挟み撃ちを受ける格好となった。

さすが、長尾景春も慌てて古河の足利成氏に書簡を送り、援兵を求めた。

古河公方足利成氏はこれに乗った。成氏は、いまや単なる公方というよりも戦機をみるのにいい勘を持っている。

七月に入ると。足利成氏は結城・那須・佐々木・栁田・一色などの部下の諸将を集め、その兵数一千余騎を率いて古河を進発した。まっしぐらに上野の群馬郡滝《たき》（群馬県群馬郡滝川村）に向かった。滝というところは、東北に利根川が流れており、この近くには小さな支流がたくさんあった。

成氏は勘をはたらかせ、上杉・道灌軍は鉢形城を攻めながらも白井《しろい》城（藤岡市）に兵站《へいたん》基地（兵站＝作戦軍の後方での軍需品）を置くと思っていた。白井と上杉が陣を敷いている児玉《こだま》の間を遮断してしまえば、上杉・道灌軍は食糧や、燃料あるいは馬などの補給ができなくなると考えたようだ。

これは足利成氏らしい作戦だ。成氏の作戦は――。

「戦は、上杉軍と景春軍が、勝手にやってくれ、だ！」

「おれは、漁夫の利を占める」と、いう考えである。

上杉・道灌軍は、成氏の意図を想像すると、上杉の首脳陣は動揺した。

「どうしようか？」と、みな道灌の顔を見た。

「それは、こっちの考えだけで動くものではありませぬ」

「向こうにだって、知恵者はいます。それによって新局面が展開するのです」

「ここにきて、突然、足利成氏様が景春の救援の要請に応えて、軍を出してきたのです」

「それも、おそらく、一万人近い大軍です」

「上杉軍にはそれほどの兵力はありませぬ」

「この現状をどうすればよいかを、考えねばなりません」

と、道灌は首脳陣に進言した。

山内上杉顕定は――。

「おまえはどうするのだ？」と聞いた。道灌は答えた。

「荒牧《あらまき》に向かいます」

「荒牧？」

「そうです」道灌は微笑んで頷いた。

「成氏様は白井と児玉の間を遮断する作戦で、滝に陣を張りました」

「そこでこんどは私が白井と滝の間に割り込んで、皆様をお守りします」

顕定はホッとしていた。

道灌は――。

「荒牧という地点は、滝にいます足利成氏軍に対するとともに――」

「渡良瀬川を睨《にら》みながら、その向こう岸にある古河をも牽制できるからです」

二

文明九年（一四七七）九月二十七日。上杉顕定をはじめ道灌らは白井城を出て、片貝《かたがい》（前橋市西片貝町）へ軍を進めた。十月二日、道灌は荒牧（前橋市荒牧町）・引田（富士見村）の辺りに陣を張った。おもしろいことが起った。

鉢形城にいた長尾景春が、太田道灌だけを目標にして、決戦を挑む態勢を見せた。

太田道灌と雌雄を決すべく兵を分けて、結城・那須・佐々木・横瀬をはじめ、長尾六郎（為景、後の幼名長尾景虎＝上杉謙信の父）らを率い、荒牧に進軍を開始した。

道灌の分別心が動いた――。

「決戦に応ずることはかまわない。また、景春に負けてもわしは、武名は残る」

「が、いま、わしが死んだら、両上杉は景春に滅ぼされてしまう」

「わしがいなくなった上杉は、ひどくもろいものになるだろう」

「わしはまだ上杉家に対して、責任がある」

と、そんな考えが湧いてきた。

そう思うと、やすやすと景春の挑戦に応ずるわけにはいかない。結局、道灌は決断した。

「景春を避けて撤退しよう」と、決めたのである。

翌朝、道灌はひそかに陣を引き払った。そして、道灌は決戦を避けるべく塩売原《しおばいはら》（群馬県勢多郡富士見村原之郷・横室《よこむろ》附近か）に陣を移動した。塩売原は川と岩の嶮崖《けんがい》の地で防禦《ぼうぎょ》するに易しく、攻めるのに難しい場所であった。景春も塩売原に布陣し、両者とも探り合いの膠着状態が続いた（「塩売原の戦い」）。

暦は十一月（旧暦）に変わっていた。

膠着状態の最中、辺りは雪が降り始める。上州方面から吹いてくるからっ風が、次第に勢いを増し、やがて吹きすぐるその音の中に鋭い寒気が含まれた。そうなると両軍の将兵とも次第に疲れ、士気も下がってきた。それは、道灌の部下も同じである。

膠着状態を打開すべく、滝に布陣していた古河公方足利成氏は山内上杉の籠る白井城を攻めるため、広馬場《ひろばば》（北群馬郡榛東村《はるとう》広馬場）に移動を開始。時を同じくして士気の落ちた景春は兵を引き鉢形城へ退却してしまう。

十二月二十三日。足利成氏の軍も動いていた。しかし、成氏の軍は引き上げるためではなかった。成氏は滝の陣を引き払い、一万人近い軍を率いて観音寺（群馬町観音寺）を通り、広馬場に陣を置いた。

この構えは、全軍をあげて白井城を攻撃する態勢である。広馬場は榛名《はるな》連峰の相馬山の山腹にある草原である。成氏のこの動きに気づいた白井城から使いがとんで来た。使いは上杉顕定がよこした者だった。

道灌に──。

「どうすればよろしいか？」と訊いた。

「すぐ打って出ましょうとお伝えしてくれ」と、道灌は答えた。使いはとんで帰った。

やがて白井城の門が開かれ、ぞくぞくと上杉軍が出てきた。榛名山の東の麓を通り、水沢、白岩をすぎた。全軍、広馬場に向かっている。

道灌は、自軍に──。

「広馬場に向かう！」と告げた。

道灌は次々と頭を切り換えることが得意だから、この瞬間、すでに長尾景春のことは忘れていた。この時、道灌は──。

「この際、一挙に足利成氏を討ち滅ぼしてしまえば景春は孤立する」

「そして自滅する」と、思っていた。

景春と成氏の動きはまったく逆になった。

景春は引き上げてしまった。降り始めた雪が一向に止まず。ますますその勢いを強めたからである。やがてボタボタと降るぼたん雪に変わった。どんどん積もった。寒さとある種のおぼつかない不安が両軍の将兵の胸を襲った。日増しに戦う気持ちは失われていった。

十二月二十七日。道灌の父道真が兵を率いて白井城に参陣して来たため、上杉勢も白井城を出て、両軍は広馬場に陣を敷いた。

決戦が始まろうとしたとき、俄《にわ》かに大雪が降り合戦が中止された。この上杉の危機「其時様躰、前代未聞候歟（道灌状の記載）」を、上杉方は成氏との和睦・停戦という形で切りぬけることにしたのである。

三

一方、京に勃発した応仁の乱は、文明九年（一四七七）十一月十一日。長期にわたり十一年目にして終結した。事の起こりは足利将軍家に後継争いが勃発、第八代将軍足利義政に待望の男子誕生で後継ぎ候補が二人並立、側近を巻き込み一触即発となった。

これに続いて、細川、山名氏の対立を軸に、有力守護家で家督争いが続発した。畠山家では政長《まさなが》、義就《よしなり》が対立した。

そして応仁の乱が始まり、これを機に戦国時代幕開けとなった。京都を中心に激戦が続いていた。周防《すおう》の強力大名大内氏が西軍支持を表明し戦況は複雑化していった。

応仁の乱は大きく前・後期に分かれるが、前期は少なくとも名目上は将軍の継嗣《けいし》が争点であった。ところが、義政の異母弟の足利義視《よしみ》が西軍に寝返ったころから、将軍継承は問題とならなくなり、細川、山名両派の権力争いの様相を帯びてきた。初期の兵力は、東軍が十六万人、西軍が十一万人ともいわれ、京都市街に各地の武士たちがあふれかえる状況が生まれた。

戦乱は長期化し、京都での戦闘は泥沼化していった。各地の守護たちは京都で戦っていたため、地方での戦いの指揮を守護代や有力国人《こくじん》に任せた格好になり、領国《りょうごく》の支配体制は不安定になるばかりであった。

そうした中、守護たちのあいだに和平の機運が高まっていった。そして、東西両軍の大将である細川勝元、山名持豊（宗全）が相次いで死去すると、戦乱終結への道が開けていった。細川の死因は、病死と言われているが、一説には山名派による暗殺もある。また、山名の死因は、病死となっているが、先年に切腹未遂を起こしたときの傷が悪化したのが原因と言われている。両氏共、詳細な死因は不明である。

その後、西軍の重鎮大内政弘《まさひろ》が陣を引き払い、領国の周防に帰国。西軍の有力諸将の土岐成頼《ときしげより》は美濃、畠山は能登へとそれぞれ帰国し、十一年にわたる京都の大乱にようやく終止符が打たれたのである。

西軍だけでなく、東軍の諸将も続々と領国へ帰国。守護たちはそれぞれの地域での主導権を握ることに精力を注ぐようになった。将軍後継をめぐって義尚《よしひさ》と争って敗れた義政の養子足利義視は、土岐氏を頼って美濃へと向かった。

京都は、家や建物が焼かれ焦土と化し、女や子供が殺され、富は略奪され、相国寺《しょうこくじ》、天龍寺などの貴重な寺院、文化財が灰となった。京都の歴史上これほど酷い惨事になったのは初めてであった。

一方、公卿《くぎょう》や五山《ござん》の僧たちは戦乱を避けて地方に下ったので、山口や土佐など各地に小京都とよばれる都市も誕生し、京の文化が地方に伝播した。

因《ちな》みに京都の「西陣《にしじん》」は、山名持豊（宗全）がこの地に陣取って「西陣」と称したことに由来する。この乱が終わった後、各地に散っていた織物職人が京都に戻り、西陣のあった今の京都市上京区あたりに住みついた。今では、毎年十一月十一日は、「西陣の日」として京都府西陣織物工業組合、西陣の日・事業協議会が提唱している。京都市中が主戦場となった応仁の乱は、遂に終焉を迎えたのである。

第五章　武蔵小机城、相模小田原城を攻略

一

年が明けて文明十年（一四七八）一月一日。主君扇谷《おうぎがやつ》上杉定正から太田道灌のところに使いが来た。使いはこういった。

「足利成氏様と和議が整いました」

「なに！？」道灌はびっくりした。

「それは、まことか？」

道灌は鋭い眼《がん》つきで、使いに詰め寄るように尋ねた。使いの者は頷《うなず》いた。

「本当でございます。調印は明日です」

「……」

左様か、道灌は胸の中で呟《つぶや》いた。「本当に万事休す」というか、これは大袈裟《おおげさ》か、あて外れの思いであった。これは千載一遇《せんざいいちぐう》の機会をまたしても逃したか。しかし、だからといって落胆するような道灌ではなかった。道灌は頭を切り換えて、こう思った。

「足利成氏殿と和議が整ったということなら、両者で一方の憂いがなくなったことだ」

「これからは、長尾景春に標的を絞って攻撃できる機会がおとずれたのだ」

「これはうまくいくかどうか、わからない」と、自信はなかった。

これまでは、情況が変わるというより、むしろ人の心が変わるのだ。

一方、この日、足利成氏の家臣簗田中務《やなだなかつかさ》方より、寺尾上野介《こうづけのすけ》が長尾景春へ使いとして来て、

「上杉と御和談有るべし由申し来る間、和談にて互いに合戦をやめられ陣を払うように」と告げた。こうして、景春も成氏に説得され鉢形城へ引き上げた。

道灌は頷いた。

「景春の心が変わり、成氏殿の心が変わったのだ。ただそれだけだ」と、結論づけた。

両上杉の首脳陣が勝手に足利成氏と和議を進めていたという事実。屈辱を感じたり、疎外感を覚えたりすることから救われる。


二日、山内・扇谷の両上杉と、古河公方足利成氏は和睦した。

四日、成氏方の結城、宇都宮、佐々木、那須などの諸豪族らはそれぞれ居城に戻った。

五日には、足利成氏も成田（忍城《おしじょう》・行田市）へ引き上げ、山内上杉顕定《あきさだ》はふたたび白井《しろい》城に入った。足利成氏とは和睦したが、こうなると、上杉軍は長尾景春に容赦しなかった。

太田道灌の作戦に従い、五日、上杉軍は一挙に鉢形城を攻撃した。鉢形城だけでなく、まわりにある景春派の諸城を攻撃する。

足利成氏との和睦は自分への攻撃もゆるむと踏んでいた景春は、正月早々の突然の攻撃にびっくりした。虚《きょ》をつかれたのである。鉢形城はたちまち陥落してしまった。

景春は、足利成氏に救援の兵を求める使いを送ったが、成氏は知らん顔をしていた。というのは、前年の冬、自分がまだ頑張っているのに景春の方がさっさと鉢形城に引き上げてしまったからである。それにこんな若僧に振り回されて、古河公方ともあろう者が関東の諸豪族を率いて大軍を編成し、両上杉軍と向かいあうなどというのは愚だという判断が、少しずつ成氏にも湧いていた。成氏からの援兵をもらえなかった景春は、やむを得ず南下し、二宮城《にのみや》（東京都あきる野市二宮町）に逃走した。

こうして両上杉陣営は危機を脱した。

そして、扇谷上杉定正と太田道真は、道灌を伴い、一月二十四日、河越城へ帰った。

急遽主君定正に河越城に入ってもらい、道灌は、休む間もなく、二十五日。景春方の豊嶋泰《やす》経《つね》が籠る平塚城を攻めるため脚折《すねおり》（埼玉県鶴ヶ島市脚折町）に陣を張った。翌二十六日早暁、平塚城に籠って道灌の江戸城に対抗していた泰経を総攻撃した。

平塚城に籠っていたのは七百をこえる兵だったが、道灌が率いて行ったのはわずか五十騎だった。道灌が鍛えた足軽隊である。そして、この足軽隊が獅子奮迅《ししふんじん》の活躍で、たちまち敵の首を三百余も斬り落としてしまった。その暁《あかつき》に城は落城した。道灌の足軽戦法はいつも連戦連勝である。

豊嶋泰経は恐れをなし、丸子《まりこ》城（川崎市中原区）と小机《こづくえ》城（横浜市港北区小机町）に逃げ込んだ。道灌軍は足立まで泰経らを追ったが、逃げ足が速いため、あきらめ夜になって江戸城に帰陣した。

翌二十七日には、道灌は江戸城を出陣、多摩川を渡って丸子城に陣を張ったが、丸子の城兵は小机城へ逃げ込んでしまったため、二十八日には小机近くに陣を敷き、二月六日に小机城の直下に迫った。道灌は小机城攻撃のため、小机近辺の亀之甲山《かめのこうやま》陣《じん》城（鶴見川に架かる「亀の甲橋」付近の丘陵が跡地。現某社の研究所施設）に陣を敷いていたのである。

二

一方、扇谷上杉定正も河越城にじっとしてはいなかった。

定正は自らの判断で兵を出し、長尾景春のいる二宮城（東京都あきる野市）を攻撃した。景春は二宮城を捨て、足利成氏のいる成田（行田市）に向かった。そして成氏に懇願して、千葉孝胤《のりたね》の救援を求めた。千葉はこの要請を受け入れ援軍を送ることになった。

文明十年三月になると、長尾景春がまた動き出した。河越には上杉定正と道灌の父・太田道真がいたが、景春は浅羽《あさは》（埼玉県坂戸市）に陣を取って河越に迫った。また、景春与党の吉里《よしさと》が軍勢を率いて大石駿河守《するがのかみ》のいる二宮城に進み、小机の豊嶋泰経を救援しようとした。

河越城にいた定正と道真は、事態を打開しようと、三月十日に浅羽陣《あさはのじん》に攻めかかり、景春方を追い散らした。敗れた景春は古河公方足利成氏のいる成田（行田市）の御陣に参上し、千葉孝胤と相談したのち、いっしょに進んで羽生峯《はにゅうみね》（羽生峰。埼玉県滑川市）に陣取った。十二日、道灌は円覚寺黄梅院が在陣の見舞として抹茶を送ったことに謝意の書簡を送った。

三月十九日、道灌は、弟資忠《すけただ》を羽生峯の上杉定正の陣に援軍として差し向けた。

小机の陣から太田資忠が河越へ引返し、翌日の二十日、扇谷上杉定正と資忠は羽生峯の陣を攻めたので、長尾景春・千葉孝胤は一戦も交えずに成田へ逃げ帰った。

四月十日、太田道灌は小机城（横浜市）を総攻撃していた――。

宝生寺《ほうしょうじ》（横浜市南区堀の内。真言宗の古刹）では、道灌たちの小机陣の戦勝を祈祷《きとう》しており、道灌はこの日その御礼に書状を送っている。翌十一日。城攻めから凡《およ》そ二カ月後に、南武蔵の拠点小机城が落城した。豊嶋泰経は行方知れずとなり、豊嶋本宗家は歴史上から消える。

その後、太田道灌は村山（東京都武蔵村山市）に陣を進めた――。

弟の資忠と六郎を二方面から奥三保《おくみほ》（神奈川県相模原市津久井）へ進軍させる。景春方の金子掃部助《かもんのすけ》らがふたたび小沢《こさわ》城で挙兵したが、また落城した。金子一族は、奥三保に落ち延びたが、その後も山奥まで道灌軍の追討を受けることとなった。

長尾景春方は、四月十四日に資忠らの陣に攻め寄せてきたが撃退された。

翌十五日、道灌は、村山陣を出て追撃し、そのまま甲斐まで進み、鶴河《つるかわ》（山梨県上野原市鶴川）など景春方の加藤氏の拠点を攻略した。その後は相模国に戻って景春方の攻略を進め、景春方らの相模勢を制圧する。

そして、道灌は、小田原城（旧小田原城。北条早雲以前の城。神奈川県小田原市）の大森成《しげ》頼《より》を攻略した。大森氏は、小田原城を本拠にする惣領《そうりょう》家と、駿河国御厨《みくりや》（今の静岡県御殿場市域。御厨とは平安時代、伊勢神宮の荘園を意味する地名）を本拠にする庶家があったが、惣領家の成頼はもともと古河方で、このときは景春に味方していたので太田道灌は攻めたのである。一方の庶流家の氏頼《うじより》・実頼《さねより》父子は扇谷上杉方であった。大森成頼は滅亡し、代って庶家の実頼が宗家の地位に取って代り、小田原城に入ってその本拠とした。

大森氏は、享徳の乱以降の混乱期において内部分裂した。そして氏頼系統が勝利し、扇谷上杉家の重臣となり、小田原城を中心に勢力を広げ繁栄した。

《脚注：後に、氏頼の子で実頼の弟の大森藤頼《ふじより》の代に、明応四年（一四九五）、伊勢新九郎宗《そう》瑞《ずい》（北条早雲）の手により小田原城を落され没落した》

一方、太田道灌は、この間、扇谷上杉定正を河越城に帰陣させるため、七月上旬に河越城から出陣して井草《いぐさ》（埼玉県川島町）に帰陣した。

十三日に青島（埼玉県東松山市）に進み、十七日に荒川を越えて鉢形城と成田陣の間に陣を取った。

ここにきて足利成氏は、上杉方との和睦を優先して景春の切り捨てを図り、宿老簗田《やなだ》氏から道灌のもとに使者を派遣させ、成氏の古河城帰還を実現するため景春を攻撃するよう要請した。道灌はすぐに翌日未明に出撃、景春の陣所を攻撃したため、景春は敗北して逃亡した。詳細は不明だが、後の行動からみると秩父郡に逃亡したとみられ、これによって鉢形城も落城したと思われる。

そして七月二十三日、足利成氏はようやく利根川を越えて、古河城への帰陣を遂げている。扇谷上杉定正は森腰という地に在陣し、太田道灌は成田陣への在陣を続け、山内上杉顕定が上野から武蔵榛沢郡《はんざわぐん》に到着するのを待った。

ここで上杉方では、顕定の在所をどこにするかで議論はあったが、道灌は鉢形城を推薦した。顕定方の将の長尾忠景らは納得しなかったが道灌の意見が容《い》れられ、顕定は鉢形城を本陣とすることになる。こうして長尾景春の本拠であった鉢形城は、上杉方の勝利で大勢は決したといってよい。

七月下旬。太田道灌の上野金山《かなやま》城（群馬県太田市）の訪問である――。

道灌が武蔵別府（埼玉県熊谷市）に在陣していたときというから、これは成田在陣を指していると考えられる。金山城主である岩松氏は足利成氏の古河帰還に尽力しているが、五十子陣《いかっこのじん》崩壊後に上杉方から古河方に転じていた。成氏と上杉方との和睦が本格化したことで、上杉方との親交を回復する必要が生じていたとみられる。

岩松氏の家宰横瀬氏から書状や進物が贈られ、道灌はその返礼として金山城を訪問することになった。金山城には、三日滞在し、歌道や兵書について談義している。岩松氏はこれに大いに感謝した。道灌は、城を見学して「天下の名城」と讃えた。

第六章　境根原の激戦、下総・上総へ

一

文明十年（一四七八）、十二月初旬――。境根原《さかいねはら》の合戦が起こる。

事の起こりは、この年の正月二日、古河公方足利成氏と山内・扇谷の両上杉家が和睦をはかったことに。下総国《しもうさのくに》の千葉孝胤《のりたね》が不満を持ち、まして扇谷上杉家の家宰である太田道灌が勢力を伸ばしているのを恨み、道灌と衝突した。

千葉氏一族の内部事情は複雑であった。

すなわち、本佐倉《ほんさくら》の千葉孝胤と、武蔵の石浜（東京都台東区）・赤塚（板橋区）にいる千葉実胤《さねたね》・自胤《これたね》兄弟が対立していた。千葉康胤《やすたね》（馬加）が本家の千葉胤直《たねなお》を滅ぼしたのが分裂のきっかけで、康胤の系統を引き継ぐ孝胤が古河公方に従い、元の本家につながる実胤・自胤が上杉方になるという形で、睨《にら》み合いを続けてきたのである。

長尾景春の叛乱に際して、千葉実胤は大石石見守《いわみのかみ》の誘いに乗って、古河公方足利成氏に帰順したが、弟の自胤《これたね》はあくまでも上杉方に従い、江古田の戦いでも活躍を見せた。

太田道灌は、江戸城を出陣し千葉孝胤を排斥《はいせき》すべく下総に侵攻して行ったのである。

道灌は太日川《たいにちがわ》（今の江戸川）を渡って、国府台《こうのだい》（市川市国府台）に陣城を構えた。これを知った佐倉臼井《うすい》城主（佐倉市臼井田）の千葉孝胤《のりたね》は、下総方面の台地に点在する在地武士達を集めて陣を敷き、これに対峙する。

—そしてこの年の暮れの十二月十日の早暁《そうぎょう》（明け方）、千葉孝胤は原景弘《かげひろ》・木内・円城寺図書《ずしょ》之助《のすけ》（千葉氏の宿老）・臼井俊胤《としたね》ら重臣一族を先鋒《せんぽう》として境根原《さかいねはら》（千葉県柏市）に出っ張った。道灌は国府台から足軽隊を率いて進発し、野戦場となる境根原に馳せた。

野草が生い茂る広野での合戦となり、野戦を得意とする道灌軍と孝胤軍は終日の激戦が繰広げられた。

千葉孝胤は打ち負けて、重臣の木内・原以下ことごとく討死した。道灌はこの戦いに勝利する。千葉氏の各重臣一族には多数の戦死者が出たために、孝胤軍は居城の臼井城に退去していった。長時間の野戦場は血を血で洗う戦となった。

太田道灌は、この時の両軍の戦死者の首や胴体を集めて手厚く葬《ほうむ》ったのである。

ここ下総の境根原は、現在の柏市酒井《さかい》根《ね》の地で、合戦の地域と称する箇所が多数ある。

かつては千、万という数の塚があった。多くは原、木内など千葉孝胤軍の将兵の墓であったと伝えられている。光ケ丘団地の開発で塚も埋められてしまったが、現在も団地の隙間などに一部箇所に塚が残っている。また、柏市立図書館の正門前にある地図の中に「境根原合戦古戦場（看板）」と書かれていた。

最も激戦が展開されたのは、現在の某大学（柏市光ケ丘）付近の小字赤作《こあざあかさく》である。赤作の名も一説には、討死した将兵の血でこの付近の野原が真赤に染まったことから付いたという。太田道灌は、この合戦で勝利し、薬師堂の近くの井戸で乾いた喉を潤したところ、まるで酒のようにおいしかったので、「境根」が「酒井根」に変わったと伝えられている。

余談ではあるが、柏市内には、太田道灌に因んで、その名をつけた地名が今に残っている。「道灌坂・道灌堀・向道灌堀・道灌橋（根戸新田）・西道灌橋（松ヶ崎新田）・北道灌橋・南道灌橋他」などがある。その起源については今後の研究課題でもあろう。

十二月十七日。道灌は鎌倉の円覚寺黄梅院の音信に答え、境根原合戦の様子や勝利したことを報じた。

二

翌文明十一年（一四七九）正月にふたたび、太田道灌は弟の太田資忠・千葉自胤《これたね》を率いて、千葉孝胤軍を追って下総の台地の奥まで侵攻した。

千葉自胤は、千葉氏の一族で上杉氏に臣従していた。京の室町幕府は、当の幕府と古河公方・山内上杉家・扇谷上杉家の四者は、和議が整い、これに対する造反勢力は、「長尾景春と千葉孝胤」のみとなったと報知した。

一月十八日。千葉孝胤《のりたね》は、敗走後、一族の臼井持胤《もりたね》・俊胤《としたね》の守る臼井城に籠城していた。道灌軍は臼井城の包囲に取りかかった。堅固な要害であるし攻撃軍も少数であるため、即決戦とならず長期戦の様相を呈してきた。

そこで道灌は軍勢を分けて、房総半島の中部の上総国長南城《かづさのくにちょうなん》(千葉県長南町)の武田三河入道《みかわにゅうどう》、真理谷城《まりやつ》(木更津市)の武田上野介《こうづけのすけ》、千葉氏の庶家《しょけ》(分家など)・飯沼城(銚子市)の海上備中守《うなかみびっちゅうのかみ》を攻めて降伏させ、両総(上総、下総)は大半を平定した。


七月十五日、道灌方が陣を払うのを見ると、千葉孝胤は臼井城より打ち出てきて合戦となり、道灌の弟資忠はようやく千葉孝胤の籠る臼井城を落城させた。だが、この戦いで、道灌の弟資忠をはじめとして多数が討死し、道灌方の損失は大きかった。

千葉孝胤らは逃亡し、父の拠点であった印東庄《いんとうのしょう》岩橋村に戻ったと推定されているが行方知らずとなった。

太田道灌は、これまでの戦いで下総国と上総国の大半を制圧した。こうして下総と上総の両総の平定によって、武蔵国・相模国の安定が保たれることになった。

—秋になると、長尾景春が行動を開始した。

九月に長尾景春は、利根川南岸の長井城（長井三郎、熊谷市西城）に移り、さらに西に進んで秩父に籠ったのである。

すなわち、景春は、白井長尾氏の一族であり、古来、武蔵国秩父郡内に所領を持っていた。郡内を守るため、長尾城、日尾《ひお》城、塩沢《しおざわ》城、熊倉城（別称・日野城）を築城する。

一方、古河公方足利成氏は別府宗幸《べっぷむねゆき》（熊谷市別府）に書状を与え、景春が長井六郎の要害に籠ったので、山内上杉顕定がこれを攻めるときには共に戦い、忍城を堅固に保てといっている。このころ足利成氏は上杉顕定を支持していたのである。

景春は、長井と秩父という二つの拠点を押さえて、鉢形城にいる山内上杉顕定に対抗しようとしたのであろう。

山内・扇谷の両上杉陣営では、長井と秩父のどちらを攻めるべきか議論になった。が、太田道灌はまずは長井城を攻めるのがいいと主張した。この主張が通り十一月二十六日、江戸城を出発して北に進んだ。

はじめは長井城までいく予定だったが、十二月十日に金谷（児玉《こだま》郡児玉町金谷）に陣を敷いた。この時、忍《おし》城（行田市）のまわりの動きが怪しいという報せを受けて、久下《くげ》（熊谷市）まで軍勢を寄せ、成田下総守《なりたしもうさのかみ》を援護したが、成田の城は何でもなかった。

第七章　奥秩父の山岳決戦

一

文明十二年（一四八〇）一月四日。長尾景春の動きが早く、こんどは武蔵国児玉郡で再起を賭け、ふたたび児玉（本庄市）で蜂起した。

同六日、景春は武蔵国塚田（埼玉県大里郡寄居町）に進軍する。これに対して、扇谷上杉定正は河越城を出陣して、大谷（東松山市）に布陣した。

太田道灌も直ちに軍勢を集め、一旦、大谷の定正の陣と合流、ここで定正・道灌は軍議を開き作戦を練った。その後、十三日、沓懸《くつかけ》（大里郡岡部町）に進軍する。景春らは、これを遠巻きに警戒し後退していった。

翌十四日、道灌は、児玉の陣へ軍を進め一戦を交え、その後景春の飯塚の陣へ夜襲をかける作戦を決めた矢先に、景春はこれに気づいてか、その夜中に、そのまま秩父に退散した。

一月二十日になると――。

秩父に潜んでいた長尾景春は、決起して武蔵国越生《おごせ》（埼玉県入間郡越生町）へ出撃した。が、たまたま太田道灌の父、道真が龍穏寺《りゅうおんじ》（越生町龍ヶ谷。寺は室町幕府第八代将軍足利義政の開基。扇谷上杉持朝が再建立。曹洞宗）へ初詣に来ていたときである。

道真は将兵を率いて景春の軍勢に立ち向かい、戦闘となったものの景春は、この戦いに破れ後退していった。

この後、太田道灌は、長井城（別称・西城城。埼玉県熊谷市西城。現状は農地・西城跡碑）の攻略に取り掛かった。道灌軍は総攻撃し、和睦交渉がまとまって城主が降伏して一件落着となった。このとき景春は不在である。

太田道灌は「国中御安心の為」といい、景春の籠る奥秩父の山岳へ追討を開始した。主君山内上杉顕定に反抗した長尾景春は、拠点である鉢形城や長井城を失い、武蔵国秩父郡へと逃亡し、ことさら、再起を賭けていたのであろう。景春は追い詰められ秩父の各地を転戦することとなる。

長尾景春の息子の鳥坊丸《とりぼう》は、鉢形城を道灌に追われたとき、密《ひそ》かに景春の妻女二十七人を引き連れて秩父の黒谷《くろだに》の地、瑞岩寺の裏手の山にある長尾城に穏棲《いんせい》させていた。

長尾城は瑞岩寺という古刹の裏山にある。瑞岩寺（秩父市黒岩）は白井長尾家の元屋敷。城というより裏山の尾根の西端から秩父街道を見下ろす詰め城（比高約八十メートル）で、街道監視所・見張台で、烽火《のろし》（狼煙《のろし》）台の役目をなしていた。

長尾景春と秩父の因縁は、かなり深い関係にある。景春の属していた白井長尾氏と秩父の薄《うす》地域（秩父郡小鹿野町）を領していた犬懸長尾氏（鎌倉長尾氏の系列）とは姻戚関係にあり、景春の妻も犬懸長尾の出身であった。

薄地域は、秩父でも有数の平野で水田地帯であったため、犬懸長尾氏とその地域の国人衆の経済力は強力であった。秩父の国人衆は、一揆と称する横の連絡を結ぶことによって、管領から独立する機運が高まっていた。

なお、且《か》つ、敗れて落ちてきた人物を支援する気風が強い。犬懸長尾氏の当主長尾景利は、景春与党として戦って、この秩父で戦死している。

景春は、いつも敗れると妻の里である秩父へ移動し、勢力を盛り返し、これまでも山賊ゲリラ隊のように平場に出てきて、道灌軍に奇襲をかけてきた。そして道灌軍に追われ、山奥への諸城を転戦していった。

―長尾景春は、まず秩父の高松にある高松城（秩父郡皆野《みなの》町下日野沢字高松）に従者とともに楯籠《たてこも》った。

『新編武蔵風土記』によれば、「村の東にあり、登ることおよそ十町にして、山上平坦四十間四方ばかり……」とある。ここは日野沢川の下流が南北に大きく蛇行する金沢川の合流点に存在し、南側は峻嶮《しゅんけん》な岸壁が近づくものを拒《こば》み、東西は深い谷が刻まれた尾根筋を利用して築城された山城である。

△武蔵国北西部の図

▲日野城(熊倉城)跡・遠望
(標高:648メートル　比高:300メートル)

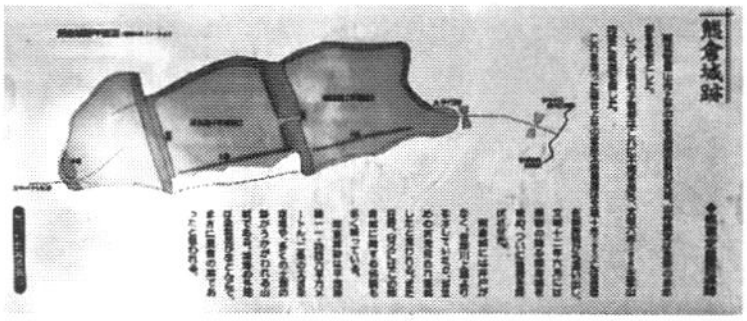

文献:熊倉城跡(日野城)=旧荒川村教育委員会編
▲日野城跡平面図、段上の城郭

▲塩沢城跡(薄城、笹山城)・遠望

▲瑞岩寺・長尾城跡

▲高松城跡＝開発により
手前尾根ごと掘削平地に。

▲日尾城跡・遠望

■長尾景春の乱・逃走経路

鉢形城⇒長井城⇒高松城⇒日尾城⇒塩沢城(薄城、笹山城)⇒日野城(熊倉城)⇒逃亡
(※息子・妻女27人＝鉢形城より避難⇒瑞岩寺裏山・長尾城に穏棲)

□取材協力:秩父市、秩父郡小鹿野町・皆野町、瑞岩寺他　《図版:加藤美勝》

図-8 太田道灌の奥秩父山岳最終決戦の地

しかし、高松城は、奥秩父の入口のようなところのため、道灌の軍勢が多数いるようである。山狩りをされれば、たちまち攻めてくるに違いない。そこで、景春一行はもっと山奥に行くことになった。

景春主従は、山を登り下りして谷を越え、人馬の道に出た。そして牛首峠道《うしくびとうげみち》に辿り着いたのである。牛首峠は、岩盤が自然に割れた間を通っており、古来、関所として使われていた。その岩盤の上に日尾《ひお》城（秩父郡小鹿野《おがの》町飯田字城山）があり、ここに一行は楯籠った。城の主要部は、峠の東側の山頂部にあり、峠の西側にも出曲輪《でぐるわ》（土塁・石垣の囲い）がいくつもある。景春は、牛首峠の真上の曲輪から見下ろせるので、見張番をつけていた。しかし、太田道灌の軍勢は、この城を見逃さず、峠道を進軍していった。ところが、日尾城に近づくや、景春らは西側の尾根伝えに逃げ去った。その逃げ足は早く、行方はわからずじまいとなった。

景春主従は、尾根を越え、谷を越え、樹木で覆われた狭い坂道を登った。この道は、樵夫《きこり》しか通わない嶮しい杣道《そまみち》（木こりの通る細くけわしい山道）である。

一行はようやく、塩沢《しおざわ》城（別称・薄城、笹山城。地元では高佐須城とも。標高約五二〇メートルから七五〇メートル。秩父郡小鹿野町両神薄《りょうがみうす》字塩沢）へ辿り着き、その城に楯籠った。山頂は、雑木林と背丈のある熊笹《くまざさ》で覆われており、四阿屋山《よんあややま》の北西に伸びる尾根上には塩沢城が聳《そび》えている。城域は一の郭《かく》（曲輪）・二の郭・三の郭と段郭で構成されていた。

両斜面側は急崖をなし、登坂には耐えられない。城に接続する山道は城手前の急斜面で難攻不落の天然の要害である。

山頂の山城《やまじろ》であるが、長尾景春は道灌らの追っ手の探索をやり過ごすための逃げ込みの城とした。息を潜めて時節を待つ景春の息遣《いきづか》いで栖籠る。

だが、このころ古河公方足利成氏は、ふたたび景春支援を始めたのである。成氏が、上杉との和睦を取り消して、長尾景春を支援しているという情報が上杉陣営に流れてくる。

京の室町幕府との和睦を取り付けると約束したものの、一向に動いてくれない上杉側の対応にいらだった成氏は、和睦破棄を明らかにしだしたのである。


これを知った太田道灌は、まず景春の籠る日野《ひの》要害（日野城・熊倉城。埼玉県秩父市）を落し、国中を堅固にするよう大森（両神村大森か）に在陣する上杉顕定に勧めた。が、用いられなかった。二月二十五日。足利成氏は、長尾景春を上杉長棟《ながむね》（憲実《のりざね》）の名代として京に送り、都鄙《とひ》合体の斡旋を細川政元に頼んでいる。またこの日、景春は和睦について室町幕府に披露するように、幕府の奉行の一人と思われる小笠原備前守に依頼していた。

景春は幕府との和睦のために助力するということで、成氏の支援を得た。この成氏の行動は、景春方に一挙に態勢を挽回させる構想である。景春の与党は各地で蜂起したために、山内・扇谷の両上杉は苦戦に陥った。

五月に入ると東上野の足利成氏や長尾景春の与党達が蜂起し、ふたたび両上杉陣営は騒然たる状態となった。

五月十三日、太田道灌は上野に向かって秩父郡内を出発し、敵を所々に打ち散らし、南武蔵の情勢が不安になると、急遽江戸城に帰り、警備について打ち合わせ、ふたたび北上して高見《たかみ》原《はら》（埼玉県比企郡小川町から寄居町今市付近）に布陣した。また利根川縁《べり》に蜂起した凶徒《きょうと》を退散させることに成功する。


六月十三日、太田道灌は、長尾顕忠《あきただ》（通称・孫五郎。長尾忠景の嫡男）と共に、秩父に侵攻した。顕忠は、山内上杉家宰で、上杉軍の将として長尾景春と秩父で交戦する。

道灌は、景春を追討するため、秩父山中の塩沢城に籠城する景春を包囲した。

奥秩父の山岳地帯にある塩沢城に辿り着くには、山を越え、谷を越え、稜線を行き、山頂へと難路が続くところだ。

それでも道灌軍は奥秩父山岳への夜の行軍を実行していた。

景春が奥秩父の山々や山間《やまあい》に籠った理由はある。秩父には白井長尾氏の所領があり、近隣の豪族達の力を借りて再起を計るためである。長尾氏は、往時から地侍や地頭を支配下におき、奥秩父の山岳や山林、里村を治めてきた名族である。

そして、この日。道灌軍は、間もなく塩沢城を包囲した。機先を制して地元の小森地区の地頭嶋村近江守《しまむらおうみのかみ》と薄《うす》の地頭小沢左近《おざわさこん》らは、大谷の沢より夜襲をかけ、山岳戦を交え、塩沢城は遭えなく落城してしまった。景春の家臣深井対馬守《つしまのかみ》が殿《しんがり》を勤め、石上の切り所で道灌軍に対して防戦したが、ついに道灌らの猛攻により、対馬守は深手の重傷を負い自害した。

《脚注：殿《しんがり》とは、軍隊を引き上げる際、最後尾にあって、追ってくる敵を防ぐこと。また、その部隊。後備《あとぞな》え。殿備《しんがりぞな》えのことである》

不意打ちを受けた長尾景春主従は城を捨てて逃走し、白久《しろひさ》と日野の間にある日野《ひの》城（別称・熊倉城。標高六四八メートル。比高三〇〇メートル。埼玉県秩父市荒川日野）に逃げ込んだ。この地頭の嶋村と小沢の両名は、景春を見限り、道灌の調略に乗り寝返ったのである。今では、この「大谷の沢」を夜討ち沢と呼ばれている。

地元に『塩沢城の伝承』が今も残っている。

「甲冑塚《かっちゅうつか》」といって「景春が塩沢城より逃げるとき、ここに甲冑を埋めて民衆の姿になり日野城（熊倉城）へ逃げた」という話である。

また、「鍋落《なべお》とし」という所があり、「落城のとき、鍋を捨てていったところ」だという。「弁当箱」という言い方は、「塩沢の某宅に、最近まで景春の弁当箱があった」といわれる。「常木」は、馬を繋いだ所だという。「乳児切り坂」は、「落城のとき、景春の妻子が馬に乗り塩沢方面から逃げてきたところ、敵に見つかり、矢で射殺された」という。そのことがあり、この坂を乳児切り坂といい、今でもこの坂に馬を入れないといわれている。

『新編武蔵風土記稿』によれば、日野村の項で、「城山は、麓より頂までおよそ一里ばかり、小道曲折して雑木多く、荊棘《けいきょく》（いばら）で通うに道無きが如く」と記されている。

長尾景春は、日野城（熊倉城）に籠城した。太田道灌にとっても奥秩父の山岳最終決戦となったのである。景春に味方する地元の武士団も多数いたのだが、日野城まで逃亡したころには、その大半が景春方を離れ、太田道灌側に付いた。

日野城に籠城する兵力は、百五十前後と思われ、会戦当初三百余名と比較して、わずかな兵となっていた模様である。

伝承によれば、日野城には致命的な欠陥があった。それは水の手、すなわち、井戸が城内に無かったのである。また、他の伝承によれば、馬に米粒を貼り付け、いかにも城内に水があるように見せたという（少々信じがたいが……）。

日野城の景春方の兵は、沢に飲み水を汲みに来ていたが、それが道灌軍の兵に見つかった。道灌は日野城内に井戸が無いことを知り、籠城する景春を一挙に攻め立て、文明十二年（一四八〇）六月二十四日、落城した。

太田道灌は、この日野城で長尾景春と最後の決戦となり、遂に勝利したのである。

日野城は、熊倉山《くまくらやま》から北へ伸びる城山の尾根に沿って、大手門があったとみられる南東から北西に向かって築かれ、尾根と荒川およびその支流が形成した崖と渓谷に阻まれた天然の要害であった。城跡の外周は急斜面となっており、中央部の本丸を囲むように空堀が巡らされていた。

遂に、長尾景春は拠点を失い、居場所が見当たらず逃亡した。太田道灌は、勝利に沸き、景春を追うことはなかった。その後、後々のことであるが、景春は、下総国の古河公方の下に亡命したという。

ここにおいて、文明八年（一四七六）以来の景春叛乱は一応終止符がうたれ、上野・武蔵・相模の安定が取り戻され、平定されたのである。

二

これまで、文明九年正月の五十子陣解体から、文明十二年の日野城陥落まで、三年半の間、武蔵国を中心に相模国・上野国、さらには下総国や甲斐国も巻き込んだ内乱が展開された。山内上杉顕定・扇谷上杉定正・長尾忠景・太田道真・太田道灌、さらには大石・上田といった上杉陣営の面々は、それぞれの持ち場を固めながら、時には遠方に赴いて戦いをくりひろげた。

あの時、五十子陣を攻められた山内上杉顕定と扇谷上杉定正は、いったん上野に逃げのび、武蔵や相模でも景春方が挙兵して、上野方面は窮地に陥るが、太田道灌の大活躍によって相模や南武蔵は鎮定され、北武蔵でも上杉方は勝利したのである。

それから、古河の公方成氏が大軍を率いて参戦したため、顕定は上野に退くが、成氏との講和をなんとかまとめて窮地を脱した。そして太田道灌は相模の景春方との戦いに尽力し、顕定は鉢形城を拠点としながら景春方との戦いを指揮した。千葉孝胤《のりたね》の討伐は完全には果たせなかったが、長尾景春の再起の動きも押しとどめて、山内・扇谷の両上杉陣営は勝利を手にしたのである。

なかでも目立ったのは、太田道灌の活躍である。特に、江戸を中心に南武蔵から相模に及ぶ一帯では、目覚ましく安定を取り戻し静謐《せいひつ》、すなわち平和が訪れていた。南関東の内乱を鎮めた道灌の功績は大きかった。

太田道灌の妻静子の甥が長尾景春で、道灌と景春は互いに熟知していた仲であった。それゆえ、当初は、景春は道灌に叛乱に加わるよう頼み、道灌は加勢を断ったけれども景春の面子《めんつ》を立てるよう種々骨を折った。

二人はおそらく互いに親愛の情を持ちながらも、戦国のしがらみに縛られて三十数回も戦い続けたのである。道灌としては、関東御静謐《ごせいひつ》（平和）を夢見て戦い、勝ち続けた。

一方の景春は白井長尾家再興を夢見て戦い、逃げ続けた。日野城から逃亡後も景春の主君山内上杉顕定への反抗を続けたのである。

この二人の抱いた戦《いくさ》の大義は異なるが、二人の共通しているところは、人倫《じんりん》（人として守るべき道）を踏みつけて権謀術数《けんぼうじゅつすう》を振り回して戦国大名になろうという野望を持たなかった。そのことが、後世の人々に親愛の情を呼び起しているのであろう。

ところが、この平和もかりそめの小康としかいえなかった──。

この長尾景春の叛乱を鎮定した太田道灌は、中小の在地領主や豪族層から厚い信任を得たが、それがかえって山内・扇谷の両上杉の反感を招き、両上杉の不和が生じてきたのである。上杉方の大将である山内上杉顕定や、その家宰の長尾忠景と扇谷の家、そのことが家宰太田道灌との関係は、決して円満なものではなかった。特に両家の家宰である忠景と道灌の関係は険悪で、ことあるごとに意見の対立をみた。

景春が叛乱を起すまえから二人は仲が悪かったようだが、共通の敵・景春方を前にしても、対立関係は解消されなかったのである。

家宰長尾忠景の直接の主君にあたる山内上杉顕定も、いつしか家宰太田道灌を遠ざけるようになっていくのである。

長尾景春方の最後の拠点の日野城の攻略にあたっても、道灌の功績は大きかったが、勝利が確定すると直ぐに、上杉方の内部でもめ事がおきる。

今後のことについて、太田道灌はなにごとか主張したようだが、これに反対する人たちもかなりいた。そして顕定は反対派の意見を受け入れてしまう。

「あの者たちにどれほどの功績があるというのか」

「お聞きしたいものだ」

と、道灌の怒りは究極の主君にあたる山内上杉顕定にも向けられていく。この後、道灌は河越城に滞在してから江戸城に戻った。


文明十二年（一四八〇）十月に入った――。

山内上杉顕定の家臣の高瀬民部少輔《たかせみぶのしょうゆう》が河越城にやってきた。

扇谷上杉定正や太田道灌に対して、近くに軍勢を出してほしいという顕定の要請を伝える使者だった。が、いろいろ問題が起きて、長く河越城に滞留することになった。道灌も高瀬のもとに赴いて相談するが、この機会に自分やまわりの人の要求をまとめてみようと思い立ち、高瀬あてに長文の書状をしたためた。

それは十一月二十八日のことである。この長文は、写しの形で伝えられている。大きくみて、はじめは個別の武士達についての処遇の要望で、大将の山内上杉顕定やそのとりまきから冷遇された人々が、太田道灌のもとに助けを求めて集まっているという状況があり、道灌としても対応を迫られていた。二つ目は文明六年以来の経緯について、三つ目は今回の内乱にかかわった人々の評価である。

一方、文明十三年（一四八一）に入ると―。

京の室町幕府足利義政に、各々は書状を出し、なんとか都鄙和睦《とひわぼく》の動きが急速に高まった。都鄙とは、都《みやこ》（京の幕府）と鄙《ひな》（田舎《いなか》・関東の古河）のことで、和睦を持って仲直りや和解するというものである。

古河公方足利成氏がいちばん期待を寄せたのは、越後にいる上杉房定《ふささだ》で、早い時期から室町幕府へのとりなしを依頼している。房定は山内上杉顕定の父で、関東の戦いにも関与していたが、京都の足利義政や幕府の面々ともつながりをもち、かなりの信頼を得ていたので、取り次ぎ役としては申し分なかった。

しかし、これまで文明十一年の十二月に、房定は成氏の意向を幕府に注進しているが、なかなかうまくいかなかった。

また、文明十二年七月、成氏はあらためて房定に書状をしたため、和睦のために尽力してほしいと頼んでいる。

文明十三年（一四八一）三月に、上杉房定は成氏からの書状と合わせ、京の細川政元・政国（室町幕府摂津分郡守護。武将）に書状を書いて、使者を京都に遣《つか》わした。成氏の意を受けて、和睦工作にかかわったのは、上杉房定・成氏の下に亡命していた長尾景春・結城氏広の三人で、それぞれが使者を京都に派遣して、関係する文書を提出した。

七月十九日、京の細川政国は、受け取った書状をまとめて室町幕府に進上した。

長尾景春は、戦いに敗れて苦境に陥っており、自身の立場をなんとか認めてもらおうと、こうした役目を買って出たようである。

翌年の文明十四年（一四八二）十一月二十七日、室町幕府足利義政は古河公方足利成氏との和睦を受け入れた。これを「都鄙《とひ》の合体」という。この和睦について、伊豆の足利政知《まさとも》と越後の上杉房定にあて、御内書が送られた。

「和睦のことだが、長く（成氏が）懇望していると、上杉民部大輔房定が注進してきたので、了承することにする」

「政知のことについて不足のないよう申し合わせると、房定が申しているので、問題はないであろう」と、足利政知あての御内書に書いてあった。

上杉房定あての御内書には――。

「政知の身上に不足がなければ同心するから、うまくゆくよう努力せよ」と、書かれている。

室町幕府は、古河公方足利成氏の所行を謀叛と決めつけてから、もう三十年の歳月が過ぎていて、足利義政としても争いをつづける気もなくなっていたのだろう。

和睦にあたっては、鎌倉公方の地位が問題になった――。

幕府は、かつて鎌倉公方として堀越《ほりごえ》公方を派遣していたからだ。ここで幕府は、足利成氏を正式な鎌倉公方と認め、堀越については将軍家の連枝とし、伊豆一国における御料所を引き渡すことになった。これによって堀越公方は、事実上は伊豆一国の大名となった。こうして、三十年にわたって展開してきた上杉方と古河公方との抗争は、ここにようやく終息を遂げた。

三

年が明けて文明十五年（一四八三）六月、古河の足利成氏は、上杉房定にあてて書状を書き、感謝の気持ちを伝えた。京都の将軍足利義政や室町幕府の面々から逆賊と断ぜられながら、古河公方足利成氏は、両上杉方と戦いを続け、古河を中心に独自の権力基盤を築き上げた。そして、三十年の歳月を経て、ようやく汚名返上を実現したのである。

山内上杉顕定や扇谷上杉定正に対する不信感は残っていたが、顕定の実父の房定が和睦実現のために尽力してくれたこともあり、結局は上杉陣営との戦いをとりやめることになった。長く続いた足利と上杉の争いは、ようやく幕を閉じたのである。

しかし、それで関東の戦乱がおさまったわけではなかったのだ—。

下総国では、和睦に反対する勢力もあり、その最大のものとみられるのが下総千葉氏である。太田道灌にとっては千葉氏との最後の戦いとなった。

かつて上杉方に降《くだ》った上総武田氏なども、ふたたび千葉氏に味方した。また、先に攻略した臼井城も、このころには千葉氏に奪還されていたのであろう。

ここでも、下総と上総の両総進軍の中心は、太田道灌の主導で進軍していった。

そして、文明十五年（一四八三）十月十五日に、道灌は、上総長南《ちょうなん》城（別称・庁南城。千葉県長生郡長南町）を攻略したのである。

道灌は、翌文明十六年（一四八四）五月十五日には下総国葛東郡に進出し、馬橋《まばし》城（千葉県松戸市）を構築した。さらに前ヶ崎城も構築した。これはすべて千葉氏に対抗するために備えたのであった。

千葉氏方は江戸湾（東京湾）に面していたため、道灌方からの攻撃を受けやすかった。しかも道灌の勢力が葛東郡におよんできたため、下総中央部の確保を図って本拠を移した。

こうした道灌の進軍を受けて、千葉孝胤《のりたね》は、千葉の平山（千葉市）から長崎（所在地不明）へ、そしてこの年の六月三日に、佐倉城（千葉県酒々井町）を取り立て、以後、本拠としていった。

九月二日に、上総の真里谷《まりやつ》城（千葉県木更津市真里谷）の武田清嗣《きよつぐ》が鎌倉、次いで六浦（横浜市）を訪れ扇谷方と対面する。これは道灌からの指示をうけたものである。翌二日に武田氏は本拠真里谷に帰還していった。この真里谷武田氏も、かつて千葉氏に味方して上杉方に降伏した存在であった。ここでも上杉方の立場をとっていたとみられる。道灌から千葉氏攻めに関する指示を得て、真里谷に帰還していったのである。

先年、享徳の乱勃発後、足利成氏の命を受けて、甲斐守護武田信満《のぶみつ》の次男、武田信長が上総に進出し、長南城と真里谷城の二城を築き、上総経営の拠点とした。

三代信興《のぶおき》からは、真里谷氏と称した。真里谷武田氏は、本城の真里谷城を中心に、椎津《しいづ》城・笹子城・峰上城・佐貫城・造海城・大多喜城・池和田城・久留里城などの支城網を築き、上総中部から西部一帯を支配していたのである。

文明十七年（一四八五）八月二十二日、江戸城で何やら事件が起こった。この事件で佐久間・鳥羽・増尾・三谷氏らが討死したという。詳細はかいもく不明となっている。これはおそらく、道灌が、千葉氏攻めが必ずしも順調ではなかったことを示しているのかも知れない。そして、この年の十二月五日、道灌は、わずか八歳の嫡子資康《すけやす》を元服させている。

第八章　江戸城に萬里集九・来訪

一

太田道灌は、文明九年（一四七七）から十二年（一四八〇）に至るまでの間、関東の各地を転戦し、山内・扇谷の両上杉方の勝利に大きく貢献したのである。

いうまでもなく、関八州の静謐《せいひつ》（平和）に寄与して、平定したことは後世に名を遺《のこ》した。これまで長尾景春が叛乱を起こし、道灌も戦いに明け暮れていた。

しかし、その功績に嫉妬が絡み、武蔵国の鉢形城に入った山内上杉顕定や、そのとりまきとはうまくいかなかった。

道灌は、結局、居城の江戸城に戻って、自らの基礎を固めることに努めた。すでに出家の身だったが、子息の資康《すけやす》はまだ若年だったから、なかなか引退とはいかなかった。


こうしているうち、漢詩文の名手として知られる萬里集九《ばんりしゅうきゅう》が江戸を訪れた――。

文明十七年（一四八五）十月二日のことである。美濃国《みののくに》の鵜沼《うぬま》（岐阜県各務原市《かがみはらし》鵜沼）にいた萬里集九は、九月七日に出発し、二十六日かけて江戸の芳林寺（東京都千代田区外神田・今の芳林公園辺り）に到着し、翌日に江戸城の静勝軒《じょうしょうけん》（道灌の天守閣）に赴いて太田道灌と面会した。

萬里は、静勝軒からは隅田川や筑波山が見え、富士の峰も望むことができた。早速、萬里は詩を作って見事な風景を賞賛した。萬里集九は道灌より四歳年長の五十八歳。このまま江戸に留まって、道灌や周囲の人たちとの交流を続けることになった。

萬里との交流は、五年ほど前、文明十二年（一四八〇）のころからのものだった。道灌の主君にあたる扇谷上杉定正が萬里のもとに使者を遣わして、鎌倉にある「贋釣亭《がんちょうてい》」を題材にした詩を書いてほしいと頼んだ。

贋釣亭は扇谷家の出身地である鎌倉の扇ガ谷の地にあった庵で、定正も道灌と同じように、名のある達人に詩文を書いてほしいと依頼したわけだが、それだけでなく、使者が持参した扇にも詩を書いてほしいと頼み込んだ。

萬里集九は、求めに応じて扇に詩をしたためたが、雪下《ゆきのした》（鶴岡八幡宮《つるがおかはちまんぐう》の別当）と太田道灌にも、それぞれ扇に詩を書いて渡している。

道灌にはじめて会ってから六日目の十月九日――。

扇谷上杉定正が江戸城にやってきて、萬里も交えて宴席が開かれた。

この宴席は定正が設けたもので、道灌はその場で舞を披露した。そして十三日に定正は陣中に赴き、翌十四日。静勝軒で和歌の会がなされた。二十六日になると、木戸孝範《きどたかのり》から和歌三首が送られてきて、萬里はお返しの詩を作ったが、このとき和歌のおわりの語の音と、詩の脚韻《きゃくいん》（おわりの語の韻）が同じになるようにするという工夫をこらした。木戸は、和歌の道にいそしんでおり、萬里が江戸に来ていると聞いて、がまんできずに和歌を送り届けたという。

木戸孝範は、代々関東管領の重臣の家柄、父小府《こふ》は連歌の名手であった。孝範は九歳のとき上洛し、下冷泉持為《しもれいぜんもちため》に和歌を学んだ。文明六年（一四七四）、太田道灌主催の「武州江戸歌合」（心敬判《しんけいはん》）に参加するなど、関東歌壇で活躍、自ら歌合の判者を務めることもあった。道灌・心敬・宗祇《そうぎ》などとの親交で知られる。

しばらく江戸にいてくれそうだということで、道灌は萬里のために家を建て、萬里はここに住むことになる。この家は「梅花無尽蔵《ばいかむじんぞう》」と名づけられた。

道灌や周囲の人々との交遊は続き、鎌倉の建長寺や円覚寺の長老や少年たちを招いて、隅田川に船を浮かべ、詩歌を詠じ笛や鼓《つづみ》を鳴らして楽しんだこともあった。

このときの詩文では――。

「隅田川は武蔵と下総の間を流れていて、路傍の小塚に柳の木がある」

「道灌は下総の千葉を攻めるために、長橋を三つ懸けている」と、表現した。

人々と交わり、詩を作りながら、江戸城とそのまわりのようすを、萬里は意味深く観察していた。年が明けて文明十八年（一四八六）の春、道灌と萬里は連れだって「菅丞相《かんじょうしょう》」（菅原道真公の異名）の霊廟に詣でた。この霊廟は道灌が建てたもので、廟《みたまや》の前には梅の樹が三百本もあり、二人は梅の花をめでながら、詩や和歌について語りあった。頼りになる庇護者のもと、萬里は、江戸で幸福な日々を送っていたのである。

二

萬里集九は、太田道灌と江戸城に言及している――。

「道灌公は、常日頃から、翰墨《かんぼく》（文事や学問）に親しみ、軍陣の中でも法に従い、なごやかさが満ちている。胸の中には見識があって、神農《しんのう》（中国の百草・医薬を作る人・神農氏）の薬方《やくほう》（薬の処方）、軒轅《けんえん》（黄帝）の兵書、史伝や小説、我が国の二十一代の集など、たくさんの箱に入れて持ち歩いている。また家集が十一ある。和歌を内容ごとに分類して「砕玉類題《さいたまるいだい》」と名づけたものだ。自ら詠んだ和歌は、人々の間でも有名である。そして、中国の書籍や日本の和歌集などをたくさん持っていて、いつも勉強している。それに自分でも和歌を作って、それらをまとめて本にするということまでしていた」

と、評し道灌を讃える文章の一部なので、おおげさなところもあるだろうが、道灌が日ごろから書物に親しみ、和歌の道にも長じていたことはまちがいなかろう。

道灌の話の後には、江戸城のことが続く――。

「江戸城の蔵には、立派な品物が並んでいる。城中で穀物を栽培し、貯蔵している。城門の外に市場があり、みな交易して楽しんでいる。薪を背負った人が、柳の綿と交換している。ここは一都会だといっている。城中には五つ六つの井戸があって、ひでりになっても、水がなくなることはない」

「城は子城・中城・外城の三重で構成されていて、二十五の石門がある。それぞれに高い橋を懸けていて、崖の高さははかり知れない」

「弓場を作って、毎日兵士たちが数百人、弓の練習をしている。甲冑《かっちゅう》（鎧《よろい》と兜《かぶと》）をつけて、躍《おど》りかかって射る者、肌脱いで射る者、身を伏せて射る者とさまざまだ。なまけた者には罰金を課し、これを貯金しておいて、試射のとき茶代にあてている。ひと突きに三回閲兵の儀式があるが、そのありさまは厳格なものだ」

このように、萬里集九は、江戸城の中にいる兵士たちや、城外の市場で商いをする人たちの様子を、見事な筆致で描き出した。風景の叙述はない。萬里の視線は江戸城の内外で楽しそうに暮らしている多くの人々に注がれていたのである。

文明十八年（一四八六）五月、太田道灌夫人・静子が紀伊国熊野神社に参詣する（詳細不詳）。六月十日、太田道灌は萬里集九を伴って武蔵国生越《おごせ》の山里に閑居する父親の道真を訪れ、自得軒《じとくけん》で詩歌の会が開かれた。

父道真はいまだに健在で、生越の地で平穏な日々を送っていたのである。生越（埼玉県入間郡越生町）は、入間川の支流越辺川の流域に位置し、武蔵七党の児玉党の一族・生越氏によって開かれた北武蔵の要衝の地で戦雲下《せんうんか》にあった。

太田道真も和歌や連歌の道に通じ、文明元年（一四六九）には河越城に心敬や宗祇らを招いて連歌会を催し、歌仙「河越千句」を遺しているほどの武将歌人である。

その手腕は道灌の上をいっていたという。禅刹《ぜんさつ》（禅宗の寺院）の隠居所「自得軒」でも連歌会が催され、道灌父子と萬里は歌で心を通わすことができた。

《脚注：自得軒＝太田道真館、別名太田道真退隠《たいいん》の地。越生町小杉・建康寺。遺構・不明。生越梅林入口から八〇〇メートル付近にあったとみられる》

第九章　道灌・糟屋館で暗殺の悲劇に！

一

太田道灌は萬里集九との和歌の時を満喫し、数日間、生越に留まったのち江戸城に戻った。ひと月あまりののち道灌は、主君の扇谷上杉定正から招待状を受け取った――。

「先日の招待の返礼をしたい」という趣である。文明十八年（一四八六）七月中旬のことである。その内容は――。

「糟屋の館の増築も出来上がり、新しい湯殿もできたので、入浴かたがた宴をもうけたい」

との、使者の招待口上であった。

上杉定正の屋敷・糟屋館は、相模国の糟屋庄《かすやのしょう》（今の伊勢原市のほゞ全地域）にあった。糟屋庄は、扇谷上杉家の所領である。

招待状がきたとき、さすがに重臣の斎藤安元《やすもと》・樋口兼信《かねのぶ》・宇田川長清《ながきよ》らは、糟屋行きを反対した。斎藤は、道灌の近習《きんじゅう》で共に、二十余回《よかい》戦ってきた軍配者である。道灌は斎藤よりも足軽戦法を編み出し、駆使し三十三回の連戦連勝者であった。

樋口は、かつて道灌に従軍し古河攻めの戦功者である。宇田川は、当初、道灌が品河に居住したときからの重臣であった。

これら重臣たちは、口々に言った。

「お屋形《やかた》様（道灌公）、定正様は油断のならないお人です」

「お断りになった方がよろしいと思います」と、進言した。

が、道灌は微笑んで首を振った。

「招待状をよく読め！」

「この間の萬里集九殿の宴の礼がしたいと書いておられる」

「政《まつりごと》と歌とは別だ」

「定正殿も歌心の深い方だ」

「そんな馬鹿なことはするまい」

「もし、わしが騙《だま》し打ちにされるようなことがあれば——」

「定正殿は笑われるのだ」

道灌は、そのことを信じた。そして大切にしたかった。

歌を媒介にすればあれほど自分を憎む主人の定正でさえ、単身この江戸城にやって来たではないか。あの時、自分たちが定正を殺そうと思えば殺せたのだ。が、できなかった。

なぜできなかったか。止めるものがあったからである。その止めたものは何か。それが歌であり文学なのだ、というのが道灌の考えであった。

道灌の心の中には——。

〈文学には、それほど強い力があるのだ〉と、いうことである。

生越の父の庵で発見したことはそういうことである。したがって主君定正が文学のためということで平然とこの江戸城にやって来たのだから、自分もまた平然と定正の招きに応じなければいけない。

主人の身を案ずることで頭がいっぱいになっている重臣達は、道灌の説明は上の空できいた。重臣らにとって今何をすべきかといえば——。

「絶対にお屋形様を定正様の館には行かせてはならない」と、いうことであった。

やりとりがしばらく続いた。道灌はあきれたようにいった。

「まったく頑固だな、おまえ達は。わしの身を案じてくれるのはうれしいが」

「どんなことがあってもわしは行くぞ」

「そうしなければ、わしが笑われるのだ」

「何度もくり返すとおり、これは政治（政《まつりごと》）の問題ではない」

「文学の問題なのだ！」

「歌人上杉定正殿が、歌人太田道灌を招いているのだ。主人が家臣を招いているのではない」

と、いう屁理屈《へりくつ》であった。自分でもそう思っている。

一方、上杉定正は、すでに、三年前の文明十五年の夏、河越城から糟屋館へ移っていた。

本来、扇谷上杉は相模国の守護職であり、相模へ戻っても不思議はなかった。河越城は道灌の預かりとなっていた。定正の糟屋移転は、あくまで関東に平和が訪れたので、旧領地に戻るとの触れ込みである。だが、陰には山内上杉顕定からの要請があったようだ。

従前、上杉顕定は、定正を河越城から鉢形城へ呼び寄せると、強い口調でいった。

「近頃は、道灌の江戸城には多くの武将たちが出入りしていると聞く」

「時には、下総・上総の古河公方殿の側の武将もいるとか」

「これは、扇谷家が主君筋たる山内家を凌《しの》ぐ勢いにて、まことに苦々しきことである」

「わが家臣の中には、扇谷が山内を軽んじている証しなりと、息巻く者もいる」

「定正殿には、いかにお思いかな」

上杉定正は、頷いて答える。

「たしかに、扇谷の家臣も河越へは来ずに」

「道灌を頼って江戸城へ出入りしているようです」

「道灌の財力はいまや、扇谷を越えており、逆心を抱いても不思議はない」

「不安ではござらぬか」

「されば、なんの不安もないと言えば嘘になり申す」

「まさに両上杉家の将来にとって、景春同様になんとも目障《めざわ》りな存在なり……」

「わしが景春を倒すゆえ、定正殿は道灌を倒されよ……」

「これは、関東管領としての命令と受け取られよ」

あの時、こんな受け答えの後、扇谷上杉定正は糟屋へ移ったのであった。相模国に入って一段と、定正の胸に道灌逆心の不安と、道灌への妬みが広がった。

定正は、山内家からの吹き込みによって変節していくのである。とにかく、狡猾《こうかつ》な山内上杉顕定は、道灌の活躍が面白くなかったらしい。

そこで——。

「道灌が主家の扇谷家を乗っ取ろうとしている……」などという根も葉もない噂を定正に吹き込み、失脚を画策する。道灌のような軍略家であれば、主家を乗っ取るなどということはたやすいことであろう。しかし、忠義を重んじる道灌は、決して定正をないがしろにしようとせず、それが道灌の命取りになろうとしていた。

小心者の上杉定正は、敵方のような顕定が吹聴《ふいちょう》した讒言《ざんげん》（人をおとしいれるため、事実をまげ、また偽って、その人を悪くいうこと）を、そのまま鵜《う》呑《の》みにしてしまう。

これは、道灌が余りにも戦功を得たので、主家の上杉定正に危険人物と妬まれてしまったのだ。主家のために懸命に働いたのだが、いわば上司が部下を妬んだようなものだ。それは顕定の謀略でもある。仲の悪かった関東管領山内上杉顕定が——。

「道灌が城を増築している。主家の扇谷上杉家を乗っ取る」

「これは、戦《いくさ》支度だ！」と、さらに吹聴したのである。

因みに、文明十八年（一四八六）当時、山内上杉顕定は三十三歳、扇谷上杉定正は四十四歳、太田道灌は五十五歳である。

二

文明十八年（一四八六）七月二十六日巳《み》の下刻《げこく》（午前十時過ぎ）、江戸城では斎藤安元・樋口兼信・宇田川長清ら重臣は、またまた道灌の糟屋行きをとどめた。

「お屋形様、逆心の風聞《ふうぶん》を定正様が信じておられるとの噂があます」

「定正様には、顕定様と密かに通じているとの噂もあります……」

「湯殿ひとつでお屋形様を招くなど、疑わしき気配があります」

「このたびは風邪ぎみなればと断られ」

「よくよく調べること肝要かと心得ます」

「万一にも行かれるなら」

「われらを始め、かなりの人数を供に成され、ませ」

と、口々に不安を理由にとどめた。

だが、道灌は一笑に付した。

「この際、行かねば疑いが増す」

「僅かな人数で行けば」

「ご主君も疑いを解くはずじゃ」

「供は七騎で十分じゃ」

と、道灌はついに聞かなかった。そして道灌は、何のためらいもなく僅か七騎を率いて江戸城を出発、糟屋館へと向かった。江戸城から糟屋館までは、凡《およ》そ二十里（七十八キロ）である。

道灌が旅立った後、夫人の静子が庭先に出て――。

「なんと！」

「お屋形様が糟屋館へ、たった七騎で行かれたと……」

「それは危ない！」

「大丈夫なのかしら……」と、静子が驚愕《きょうがく》し叫んだ。

侍女たちも心配そうな顔つきをした。


その日の夕刻――。

太田道灌主従一行は、扇谷定正領の相模大住郡糟屋庄《おおずみぐんかすやのしょう》（伊勢原市）に入った。

進行方向右の山々は、大山（丹沢連山）である。道灌主従は、糟屋館に通じる八王子へ抜ける道を進んだ。

糟屋館は、樹木で覆われた丘陵の中ほどにあり、館は見通せない。敷地の北側は、外堀と八王子道《みち》である。西側は秋山川が流れ、天然の崖要害である。南側は絶壁空堀が長々と蛇行している。その崖空堀は東側へも舌状に出張っていた。

道灌主従は、先の八王子道から左に入り、敷地木戸門をくぐった。そして進むと、大門《だいもん》の大扉を警備兵に開けてもらった。

大門の大扉を入ると、糟屋館の玄関の方からの声が届いた。

「太田道灌様、ご到着」

慌ただしく、人の動く気配が続いたが、間もなく静まった。道灌は客殿《きゃくでん》に、家臣たちは控えの間にと落ち着いた。

客殿で上杉定正は、頭巾僧衣姿《ずきんそういすがた》の太田道灌を上機嫌に迎えた。

「新しき湯殿ができましたこと、大慶に存じます」

「加えて、宴にお招きいただき、家臣ともども心から喜んでおります」

道灌は、その語り口にも態度にも、定正への疑念など微塵《みじん》も抱いていない。

定正の方からは――。

「この間はとても楽しかった。お前の舞いも相当なものだ」

「萬里殿はお元気か？」

笑顔で語りかける定正に道灌は心をゆるめた。そして、

「萬里殿は至ってお元気です。先日も父の里にまいりまして歌の会を催しました」

「たいへん楽しゅうございました」

「遅ればせながら、あの日はまたわざわざ江戸城にお出でくださいまして──」

「私はもちろん家臣一同もお館様《やかたさま》のご恩情に胸をあたためられております」

と、丁寧に礼をいった。

「そうか」満足そうに頷く定正はこんなことをいった。

「おまえへの礼の宴は別棟でやろうと思っている」

「どうだ？　先に行って風呂でも浴びろ」

「湯殿はこの館の外、やや離れているゆえ、侍女に案内させる」

「先ずはゆるりと湯を浴びられ、宴はその後で」

定正は、目礼して席を立ち、客殿を後にした。

道灌は、「ありがとうございます」と礼をいった。

やや間をおいて、手燭《てしょく》を持った侍女が姿を見せ「ご案内します」と導いた。

もう、かなり暗くなっていた。本館を出て別棟の奥に向かった。湯殿は庭の奥に単独で建てられていた。そして、さっそく風呂場に入った。

久しぶりの他人の家での風呂だ。が、緊張しつつもその緊張が片端《かたっぱし》から溶け始めているのを

道灌は感じた。

風呂のせいだけではあるまい。定正の対応が非常ににこやかだったからである。

〈心底、あるいは本当にわしをもてなす気か〉と、そんな思いもした。

入浴を終わって戸口まで出ると、突然、一人の武士が斬りかかってきた。定正の刺客・曽我《そが》兵庫助《ひょうごのすけ》という者であった。

道灌は素っ裸である。武器はなにもない。思わずそこにあった何かをつかもうとしたが、たちまち斬られた。すでに致命傷であった。

その時、道灌は倒れざまに——。

「当方滅亡！」と、呻《うめ》き、末期《まつご》に一言を叫び残して、息途絶えた。

陰暦七月二十六日（陽暦八月二十五日）、この日の晩の変事である。

享年五十五歳。当方滅亡ということは、「扇谷家は滅亡する」と、いう意味をもっている。

曽我兵庫助は、道灌の父道真から目を懸けられて引き立てられ、このときには定正の養嗣子《ようしし》朝良《ともよし》の執事を務めていた人物であった。

糟屋館・七沢城（要害）要図（室町時代復元地図）

小沢城跡（愛川町小沢）
（文明 9年 太田道灌攻撃）

太田道灌公 銅像
（慶寺丹頂先生作）
伊勢原市役所内

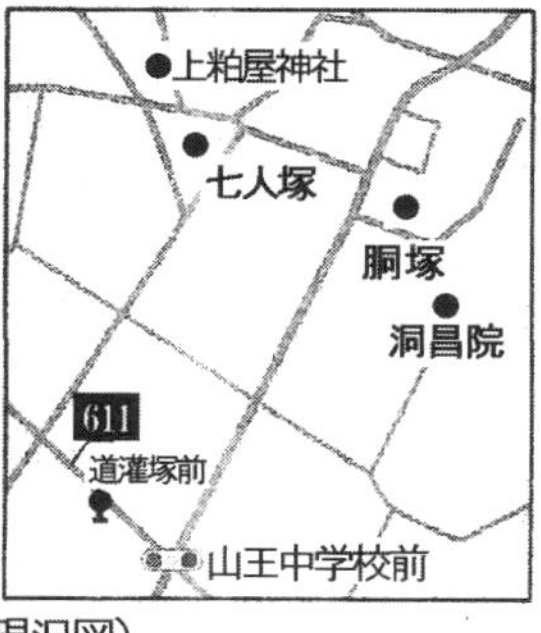

太田道灌ゆかりの伊勢原市内 要図（現況図）

(1) 丸山城址公園（扇谷上杉定正の邸宅・糟屋館）、洞昌院と胴塚（太田道灌墓所）、七人塚（太田道灌 と共に討ち死にした家来七人の供養塔）、首塚と大慈寺（太田道灌の墓所と菩提寺）

(2) 太田道灌の命日　文明18年(1486)　陰暦 7月26日・陽暦 8月25日、享年 55歳

□取材協力:伊勢原市役所・伊勢原市立図書館・大慈寺・洞昌院 他　　《図版:加藤美勝》

図－9 太田道灌終焉の地、糟屋館（神奈川県伊勢原市）

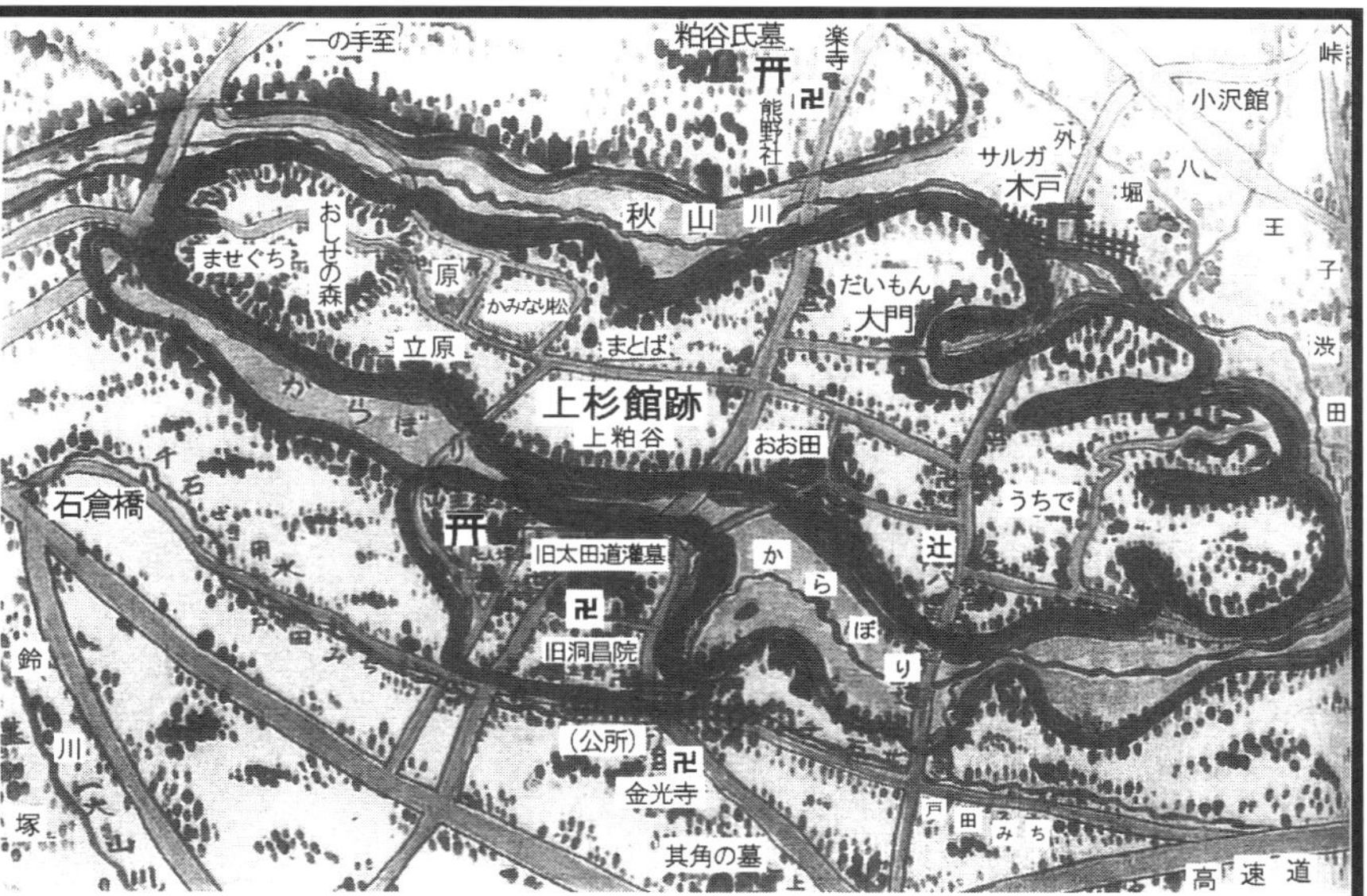

▲扇谷上杉定正の糟屋館跡（伊勢原市文化財協会が作成した上杉館付近図）
（史料＝伊勢原市提供。基図を変えず手書き部分を活字入力図で示す）

▲七沢城跡圖『新編相模国風土記稿』（江戸時代編纂相模国の地誌より）

□取材協力:伊勢原市役所・厚木市役所　《図版:加藤美勝》

図-10 糟屋館跡（伊勢原市）、七沢城跡（厚木市）

道灌が刺殺された、その時。控えの間に居た道灌の家臣たち七人は、異様な騒《ざわ》めきを聞いた。すぐさま、風呂場に向かい、暗い屋敷の庭道を疾走した。風呂場の周りは、すでに上杉方の家臣が詰めていた。道灌の七人の家臣は、上杉方の攻撃を一手に引き受け、白刃《はくじん》（刀のぬきみ）を振りかざし切り付け合いとなった。しかし、余りにも多勢に無勢である。遂に、勇士七人は討死にした。上杉方にも負傷者が出た。

太田道灌が暗殺された翌朝、城主不在となっていた江戸城は扇谷上杉定正勢が接収した。道灌の妻静子は、道灌の死を悼み悲しんだ。

江戸城にいた道灌の嫡子資康《すけやす》（十八歳）は、道灌暗殺を知って脱出し、一時、甲斐国（山梨）に僅かな家臣を連れて逃れた。

資康は扇谷家への敵対を堅持し、後に山内上杉顕定の陣営に加わり、鉢形城から出て、菅谷領に陣を張る。これに対して定正は古河公方に支援を要請した。

二年後には扇谷上杉定正軍と戦うことになる。岩付城（岩槻）の養子資家《すけいえ》（道灌の甥・異説もあり）は、そのまま岩付城にとどまった。

上杉定正は、曾我兵庫助に河越城を預からせ、兵庫の子の豊後守《ぶんごのかみ》に江戸城を預からせた。生越《おごせ》の庵で「道灌死す」の知らせに、父太田道真は「すべてが終わり」と呟いた。その言葉通りに、また戦乱の歴史は動いていくのである。

江戸に滞在していた萬里集九は、かつてこの定正の糟屋館に居た道真、道灌を訪ねたことがあり、人知れぬ深い悲しみに沈んだ。江戸城は、比較的平和裡に明け渡しとなった。江戸城で留守居役をしていた道灌の近習、斎藤安元は路頭に迷ったが、上杉定正に呼び止められ家臣となった。

道灌の遺骸は館の南にある秋山の蟠龍山《ばんりゅうざん》・公所寺《こうしょじ》（洞昌院《どうしょういん》。伊勢原市上粕谷）に運ばれ、茶《だ》毘《び》に付され埋葬された。

ここで上杉定正の賭けはとりあえず成功したが、道灌がいなくなっても、太田家は滅びたわけではなく、反発は当然予想できた。そして定正の予想を越えて、あらたな内乱が勃発することになるのである。

道灌の最期《さいご》の状況は、凡《およ》そ百年後に道灌の玄孫《げんそん》（孫の孫）の太田安房守資武《あわのかみすけたけ》が書き遺した『太田資武状』にある。

「さてまた死去の正説は、風呂屋にて風呂の小口（出入り口）迄《まで》出られ候時、曾我兵庫助と申す者、太刀伐《き》り付けられ、倒れながら当方滅亡と最期の一言（中略）」（『太田資武状』）

このことは、当時の社会で紛れもない事実であったと伝えられ、資武は自分の親から常に聞いていたのである。太田道灌殺害については、場所もさまざまに伝えられているが、萬里集九が十四日後の忌日《きじつ》に記した祭文には―。

「道灌入相陽糟屋之第匠作之幕。俄糸白刃之厄。形骸隕墜。魂魄飛沈矣」とあり。すなわち「道灌公は相模糟屋の役所、主君の屋形に入ったところ、にわかに白刃の災厄をうけ、体は崩れ落ち、魂は飛び去った」と、訪れた当日に上杉定正によって殺害されたとの一説もある。道灌が主君の計略にあい、「当方滅亡」と最後に放った言葉からは、道灌が主君への疑念を抱いていたことがうかがえる。その疑念を忘れたのは、しばし合戦を離れ、詩歌に没入して心に油断が生まれたからであろう。


道灌の墓は、洞昌院（胴塚）にあり、法名《ほうみょう》は『洞昌院殿心圓道灌大居士』である。さらに、道灌の墓は、法雨山・大慈寺《だいじじ》（首塚。伊勢原市下糟屋）にある。

「大慈寺は道灌が鎌倉からこの地に移し再興し、叔父の周厳淑悦禅師を中興開祖としたとされる寺で、墓はいつからか首塚と呼び習わされたとある（中略）」（伊勢原市教育委員会掲示坂より）。また、父道真によって長昌山・龍隠寺《りゅうおんじ》（埼玉県入間郡越生町）に分骨された。龍穏寺での法名は『香月院殿春苑道灌大居士』である。

一方、鎌倉の英勝寺裏から源氏山に向かうハイキングコースに太田道灌の首塚といわれる供養塔がある。

なお、洞昌院の道灌の墓の西方には、道灌に殉じた従者を葬ったという七つ塚というのがある。七つ塚はその後、「七人塚」（伊勢原市上粕谷）と呼ばれ、太田道灌の従者七人の墓とされる。名もなき従者七人である。おそらく、当初は七つの塚に分けて葬られたのだろう。現在の看板は総称して「七人塚」となっている。

〈世の人々に最も深く印象を与えるのは、太田道灌の終焉の地である。そこは、相模国大住郡糟屋庄、現在の神奈川県伊勢原市域である〉

第十章　道灌亡き後、長享の乱十七年

一

長享二年（一四八八）、扇谷上杉定正と山内上杉家の上杉顕定との間で「長享の乱（一四八八〜一五〇五年）」と呼ばれる内紛が勃発した。

この乱は、昨年の十一月扇谷上杉方であった足利長尾氏系統の下野勧農城《かんのう》（栃木県足利市）を関東管領の山内上杉顕定が攻めたことを発端として、両上杉の分裂抗争が起こったのである。

一方、太田道灌の嫡男源六郎資康は、道灌の死後山内上杉家にいたが、扇谷上杉定正に追われていた。同じく定正に追われていた三浦高救《たかひら》（定正の実兄）と共に山内顕定軍に加わった。これが縁で、資康は、後に高救の孫（三浦道寸（義同）の娘）を妻とした。

享徳の乱を共に戦いながらも、太田道灌殺害を契機として決別した山内上杉顕定と扇谷上杉定正は、長享二年（一四八八）二月五日。遂に、相模国実蒔原《さねまきはら》、六月には武蔵国須賀谷原《すがやはら》で戦った（実蒔原の合戦・須賀谷原の合戦）。

しかし双方とも決定的打撃を与えるには至らず、同年十一月十五日に武蔵国の高見原《たかみはら》において、三度目の戦いを迎えることになった。

先ず、実蒔原の合戦である──。

古河公方足利成氏に対しては、共同行動をとってきた山内上杉顕定と扇谷上杉定正のいわゆる「両上杉」は、太田道灌の死後にはその確執をさらに深めた。

同年一月、定正が足利成氏および長尾景春と結んだため、それまでの均衡が破られ対立は決定的となった。

太田道灌を殺された将士たちは、扇谷上杉氏のもとを去った。

山内上杉氏に流れ、そのなかには、道灌の遺児・資康《すけやす》の姿もあった。

山内上杉顕定はこれを勢力拡大の好機と捉え、二月五日に機先《きせん》を制して、扇谷上杉定正の本拠地である相模の糟屋館（伊勢原市）を襲うべく、一千余騎の軍勢を率いて、鉢形城から相模国の実蒔原まで出陣した。

そして糟屋館の背後を押さえる定正の弟朝昌《ともあき》の守る七沢城（厚木市）を攻め落とした。これに対し、定正は手兵二百余騎で河越城から駆けつけ、実蒔原（当時、伊勢原市の原野）で激突した。しかし兵力に劣る定正方は、奮戦して逆に顕定方を破り、勝利を治めている。しかし薄氷を踏む勝利であった。実蒔原古戦場は、七沢城の南一・六キロの場所にあり、現在民家の近くの樹の根本に古戦場碑が建っている程度で特に案内標識板はない。

二

続いて、須賀谷原（別名・菅谷原）の合戦である――。

先の二月五日の実蒔原の合戦で敗れた山内上杉顕定は、養子憲房《のりふさ》と共に、同年六月、扇谷上杉定正の拠《よ》る武蔵国河越城を攻略すべく、二千余騎の軍勢を率いて武蔵国鉢形城より侵攻を開始した。これを迎撃すべく、古河公方足利成氏および成氏のところに亡命していた長尾景春を味方にした扇谷上杉定正は、その養子朝良《ともよし》と共に河越城を出て、都幾《とき》川流域に広がる須賀谷原付近（埼玉県嵐山町から東松山市の間付近の原野）に布陣。その兵は七百余騎であった。八日には山内上杉勢が扇谷上杉方の防衛拠点のひとつである武蔵国松山城を攻めており、それに関連して須賀谷原で小規模な合戦が起こっていた。

次いで六月十八日の早朝より、須賀谷原一帯で、今度は大規模な合戦が繰り広げられた。扇谷上杉勢の先陣は初陣の朝良隊であったが、台地の底部で山内上杉勢に逆《さか》さ落としに攻撃をかけられて崩されるという不利な状況になったが、長尾景春隊が横やりを入れたために山内勢も浮き足たち、そこを主力部隊を率いた上杉定正が突き崩して勝利した。

この合戦で死んだ者は七百余、馬は数百という激戦だったと伝わる。須賀谷原は、人馬の屍《し》骸《がい》で異臭が漂ったという。

この戦いで、太田道灌の嫡男資康は、合戦場を挟んで平澤寺《へいたくじ》（＝白山神社。旧平澤寺跡。埼玉県比企郡嵐山町）に陣を張った。資康の陣は敵塁と相対峙していたという。この敵塁とは菅《すが》谷《や》城を指しているのであろう。

菅谷城は、須賀谷原のそばにある。須賀谷原の戦い時期に前後して、太田資康は山内上杉顕定の命を受け、扇谷上杉方の拠点である河越城に対する押さえとして、菅谷の旧城を再興した。太田資康は、父道灌の仇敵《きゅうてき》・上杉定正を撃つべく、この地、平澤に布陣したのである。その時、父道灌の親友だった萬里集九がはるばるこの地を訪れた。時に長享二年（一四八八）八月十七日であった。萬里が陣中に三十六日滞在したとき、資康は、萬里のために送別の詩歌会を敵と対峙しながらここ白山神社（＝平澤寺）で催した。

その詩歌会で萬里は社頭月と題し、作詞したことが『梅花無尽蔵』という書に次のように残っていた。

「一戦乗勝勢尚加　白山古廟澤南涯」

「皆知次第有神助　九月如春月自花」と、記されてある。

詩歌会が催された日は、長享二年九月二十五日夜、となっている。

また、決戦場となった須賀谷《すがや》（菅谷《すがや》）の語源については、菅《すげ》の生い茂った野（原野）と考えられる。当時、菅は、夏に刈り取って、笠《かさ》（菅笠《すげがさ》）や蓑《みの》を作る。

現在の菅谷周辺の地名から原《はら》のつく字名を数えてみると、菅谷を挟んで東の上唐子《かみがらこ》（東松山市）から西の大字《おおあざ》千手堂にかけて、西原、東原、向原、原などの小字《こあざ》がみられる。上唐子から菅谷にかけては比企《ひき》野原とも呼ばれることもあり、その一角に須賀谷原が位置していたと考えられる。

さらに、高見原の戦いである――。

須賀谷原の戦いから凡そ五カ月後、長享二年（一四八八）十一月、山内上杉顕定勢三千余騎と扇谷上杉定正勢二千余騎が、高見原（埼玉県比企郡小川町から寄居町今市付近）で戦った。この戦いでも定正は勝利した。

扇谷上杉定正は、これにて三回目の勝利となった。

長享二年以来、十二年の戦いは決着せず、結果的には北条早雲ではじまり、小田原北条五代にわたり、関八州（関東）進出を許すことになっていく。この長享の乱はまだまだ続くのである。

終　章　北条が進出、道灌孫・江戸入城

一

先年の室町時代中期（南北朝時代）から、武家社会において下層階級の台頭《たいとう》（下克上）により、本格的な戦国時代へと突入することとなる。

その戦国時代の象徴的な存在が、北条早雲（伊勢宗瑞《いせそうずい》）である。

室町幕府の幕臣だった北条早雲が、波乱の人生を歩み始めたきっかけは、妹の嫁ぎ先である駿河国の今川氏の内紛だった。今川氏は、足利将軍家に連なる由緒正しい家柄。しかし、当主の義忠の死で後継者争いが起き、分裂状態にあった。

文明八年（一四七六）、義忠の子・龍王丸《たつおうまる》を継がせたい母の北川殿は、兄の早雲を頼った。京都から駿河に下った早雲は、今川氏の相続問題を見事に解決した。

この時、太田道灌も駿河に出陣し、早雲に協力して解決したものである。

—早雲は、今川氏の武将として駿河に興国寺城《こうこくじ》（別称・根古屋城。静岡県沼津市根古屋）を与えられ、そのまま駿河にとどまった。

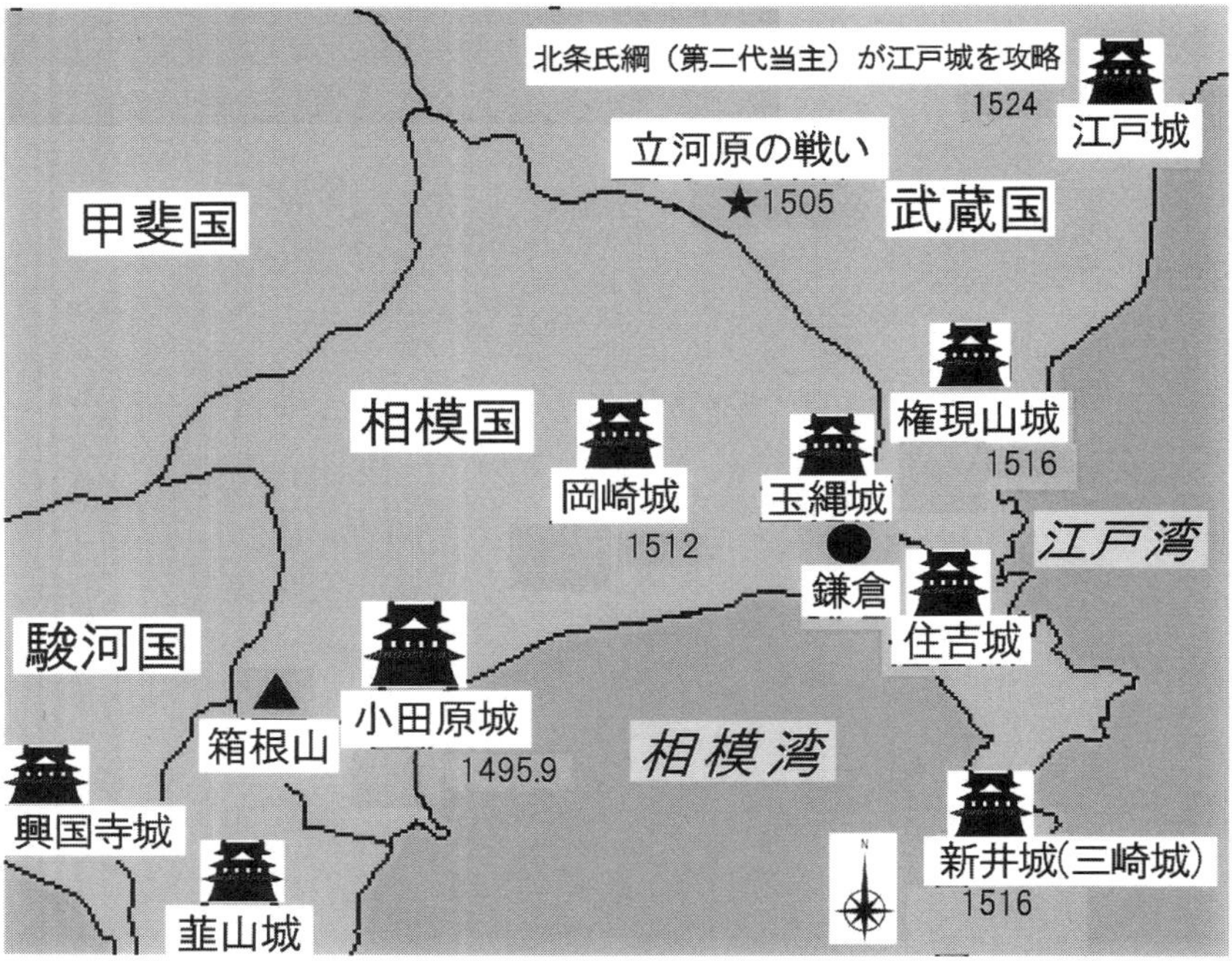

▲北条初代 北条早雲(伊勢宗瑞) 伊豆・相模・南武蔵に進出

▲伊豆国・討入り侵攻の図

▲小田原駅前の北条早雲公像

（石黒 孫七:先生原型制作　設置年 1990年）

■小田原北条時代1493年〜1590年（1590年に豊臣秀吉の小田原征伐）。　《図版:加藤美勝》

図-11　小田原北条五代（後北条）・凡そ100年・関東に進出

延徳三年（一四九一）四月三日。堀越《ほりごえ》公方の政知《まさとも》は御年五十七歳で死去した。

政知公の御子は三人いて、まだ幼少であった三男の茶々丸《ちゃちゃまる》が御所を継ぎ、成就院《じょうじゅいん》と名乗った。

しかし、酒乱が高じてたけだけしく振る舞うこと目に余り、近習の侍たちは、嫌でしかたなかった。日々、だれもが気を張り詰めていて、いつ内紛が起こっても不思議ではない状況にあった。

このころ、関東の争乱情勢は一応沈静化したかに見えたが、古河の成氏と両上杉との合戦で、伊豆の侍たちは、みな関東へ出向き御所の警備も手薄であった。その関東を揺るがす事変が起こったのである。

――北条早雲は、「好い時節の到来だ」と、喜んだ。

明応二年（一四九三）の十月。伊豆の堀越公方の内乱に乗じて、北条早雲は、伊豆国に侵攻した。また、京の足利将軍からも要請を受けたのである。

伊豆国は実質的には堀越公方が支配していた。が、山内上杉氏の守護国である。早雲はこの伊豆国への侵攻に際し、山内上杉顕定と対立していた扇谷上杉定正と手を結ぶことによって侵攻の容易化を図ったと見られており、ここに山内上杉氏と扇谷上杉氏の対立が再燃することになる。

――北条早雲の伊豆侵攻路は――。

早雲は、居城の興国寺城から陸路南下し、闇夜に駿河湾の清水湊（静岡市清水区）を軍船に乗って出港。伊豆の西海岸戸田港《へだみなと》に上陸。陸路行軍して堀越御所《ほりごえごしょ》を包囲、鬨《とき》の声をあげて御所に火をかけ焼き払った。

御所では、急なことなのであわてふためき、防ぐ方法もなく、足利茶々丸は大森山を下り、会下寺《えげでら》に入り自害した。御所方の侍たちは、この早雲の威勢に恐れ、みな降伏した。伊豆の伊東や狩野助《かのうのすけ》らも攻め込まれて降伏した。また、伊豆西部の三津浜・江梨・大見・土肥・田子・雲見・妻良の侍たちも「早雲の器量は並のものではない」と考え、みな降伏した。

―次に攻めたのは関根播磨守《はりまのかみ》吉信の深根《ふかね》城（下田市稲梓《いなづき》）である。五百人余が城に楯籠《たてこも》っていた。城の北が山で切り立った崖、東南は深い沼で攻撃のしようがなかった。早雲方は伊豆で降伏した兵らが加わり、二千余騎に膨れ、深根の城に間髪を入れず攻め込んだ。

早雲方の軍勢は、逃げる城兵を追って切り伏せ、みなことごとく討ち取った。城に楯籠っていた者たちは、女・子供・法師にいたるまで、一人の残らず首を刎《は》ねて、この首を城の周りに掛けておいた。

その首数は五百どころか一千を超えていたと伝えられている。堀越公方の足利茶々丸《ちゃちゃまる》を倒し、伊豆を制圧し平定した早雲は、御所近くの韮山《にらやま》城（静岡県伊豆の国市韮山）に居を構えた。これが伊豆の乱で、伊豆討入りである。この早雲の伊豆討入りは、扇谷上杉定正の手引きがあったという見方が古来より強く伝えられている。定正は徐々に早雲と手を結ぶこととなる。

—ところが、翌年の明応三年（一四九四）、扇谷上杉定正が渡河中に命を落とした。

山内上杉と扇谷上杉、この両陣営の衝突は明応三年（一四九四）の夏に再開された。八月には武蔵国関戸《せきど》要害（東京都多摩市）、九月には相模国玉縄《たまなわ》要害（玉縄城。鎌倉市城廻）をめぐる攻防戦が展開された。この後、上杉定正は顕定が本拠としていた鉢形城を衝くべく侵攻を開始し、北条早雲も扇谷上杉勢に応じて武蔵国に軍勢を進めている。

同年九月二十三日には、定正は三浦道寸《どうすん》（義同《よしあつ》）が養父で相模国三浦郡新井城（別称・三崎城）主の三浦時高を討っている。この道寸は定正の兄高救の子であることから定正の甥にあたるが、娘婿が山内上杉に遂電《ついでん》した太田資康であるという経緯から両陣営にも縁故があり、どちらの陣営に属したかは不詳である。これらの情勢を受けて山内上杉勢は戦線を後退させることになった。

同年十月五日。扇谷上杉定正は、北条早雲と共に、武蔵国高見原に出陣して山内上杉顕定と対陣するが、荒川（現・元荒川）を渡河中に河畔で落馬し、それが原因となり死去した。享年四十九歳（享年五十二歳の説もある）。法号は、「護国院殿大通範亨大禅定門」と号した。これは、先の三浦時高の死去から僅か十日後の事故死である。

世間では—。

「太田道灌の亡霊が、定正を落馬させたのだ」と、いう伝説が流れた。

新潟県長岡市にある定正院《じょうしょういん》が菩提所と伝えられている。扇谷上杉勢と北条早雲勢は、定正の死によって、共に退却した。

扇谷上杉氏の家督は定正の甥で養子となっていた上杉朝良《ともよし》が継承したが、定正の死が戦況を大きく変えることになった。

このころ、太田道灌が死んでから、扇谷上杉の第一の重臣となっていた相模小田原城の大森氏頼《うじより》が急死したことにより、息子の藤頼《ふじより》が跡を継いだ。

こうして、上杉定正・三浦時高・大森氏頼《うじより》の三将の死は、扇谷家にとって大きな痛手となった。扇谷上杉家では、朝良が河越城に入って跡を継ぐが、その後、早雲とその子氏綱《うじつな》（北条氏第二代）の侵攻に押され、扇谷家は徐々に所領を蚕食《さんしょく》されていった。


これからは、関東地方の覇権は、古河公方や山内上杉・扇谷上杉の両上杉でもなく、替わって、小田原北条（後北条）が五代にわたって、関八州に侵攻していく。後に、北条は単なる武将ではなく、戦国大名に上り詰めることとなる。


—先の扇谷上杉定正の死後、政情に変化が現れてきた。

それまで扇谷上杉方に与《くみ》していた古河公方足利成氏が山内上杉陣営に鞍替えし、同年十一月には、両上杉陣営が交戦した際には山内上杉方として出陣している。

明応五年（一四九六）七月。山内上杉勢は、相模国西部に侵攻。これを長尾景春らが迎撃して大激戦となった。この合戦は山内上杉勢の勝利となり、続いて東部の実田《さねた》（真田）要害を包囲した。これに対して上杉朝良は、後詰のために援兵を率いて江戸城から出陣し、さらに長尾景春が武蔵国へ出陣するとの報を得た山内上杉勢は軍勢を転じ、武蔵国上戸に陣を築いて河越城を圧迫するなど、一進一退の攻防が続けられた。

永正元年（一五〇四）八月二十一日。山内上杉勢は河越城を攻めたが落とすことができず、今度は江戸城を攻めるために陣を白子に移した。これに対して朝良は駿河守護今川氏親《うじちか》と北条早雲に援軍を求めた。

この今川と北条の援軍は九月二十日には武蔵国登戸の桝形山《ますがたやま》に着陣しており、これに対抗すべく山内上杉勢も足利成氏を奉じて立川の普済寺《ふすみでら》に陣を張った。

この合戦は扇谷上杉勢が勝利し、顕定は鉢形城への撤退を余儀なくされた。しかし、顕定は実弟で越後守護の上杉房能《ふさよし》に援軍を要請し、十二月には武蔵国椚田《くぬぎだ》要害と相模国の実田（真田）要害を攻略した（椚田・実田の戦い）。

勢いに乗る山内上杉勢は、永正二年（一五〇五）二月に、ふたたび河越城を包囲した。三月七日には、多くの死傷者を出す戦闘があり、遂に、河越城を支えきれなくなった扇谷上杉朝良が降伏を申し入れたのである。この朝良の降伏によって、十七年間に亘って続けられた両上杉の抗争は、終結した。

この降伏交渉の条件は朝良の隠退《いんたい》（世を離れ閑居）と、その名代（後継者）の古河公方への帰順《きじゅん》（叛逆の心を改めて服従すること）であった。朝良は出家して建芳《けんぼう》と号し、朝良の名代として朝良の甥・上杉朝興《ともおき》を擁立した。扇谷上杉と山内上杉の抗争は、ここに終結したのである。

—北条早雲および嫡男氏綱《うじつな》（小田原北条第二代当主）が相模国、武蔵国に侵攻する。

永正七年（一五一〇）、権現山《ごんげんやま》の戦いが起こる。

時の権現山城主（横浜市神奈川区幸ケ谷、幸ケ谷公園辺り）の相模守護代上田蔵人政盛《くらとまさもり》は、北条早雲と手を組んで上杉氏に叛旗を翻《ひるがえ》した。

政盛は、武蔵松山城を築いた西党上田氏の嫡流とされる。鎮圧に向かう扇谷上杉軍は、早雲の援兵を退け、大軍を持って権現山城を包囲した。七月十一日から十九日にかけて、上杉勢は昼夜の別なく城を攻め立て、ついに落城させた。政盛は早雲を頼って、落ち延びた。早雲の援兵は、力ならず撤退した。

二

北条早雲が次に狙いをつけたのが、伊豆の隣国、相模の小田原城だった。

早雲は、敵の信頼を得るための策を考えた。小田原城主（旧小田原城）の大森藤頼《ふじより》になにかと贈り物をして親しい関係をつくり上げていった。

「鹿狩《しかが》りで大森領に入った鹿を追い出すために」

「箱根山《はこねやま》に勢子《せこ》（狩りで獲物を追う者）を入れさせてほしい」と、早雲が持ちかけた。

藤頼の快諾を得た早雲は──。

明応四年（一四九五）九月。扇谷上杉家の支配下にあった相模国足下郡早川庄《あしのしもぐんはやかわのしょう》（小田原市）・曾我庄《そがのしょう》（同市）の大森藤頼の居城・小田原城をついに温めていた策で攻略することにした。

早雲の戦略は──。

「軍兵を猪狩《いのししか》りの勢子《せこ》や犬飼《いぬかい》に仕立てて、箱根山《はこねやま》に入れる」

「箱根山中には、千頭の牛を引き連れて、小田原には兵を進める」

「暗闇では、勢子に扮《ふん》した早雲の兵が、牛の角に松明《たいまつ》を灯《とも》し」

「鬨《とき》の声をあげ犬を放す」と、いうことだ。

大森藤頼の小田原城では、犬に怯えた火牛が山中を駆け回るのが見えた。

早雲の伏兵が城下に火を放ち、大混乱に陥った。藤頼は、驚き、成す術《すべ》なく、小田原城を捨てて逃げ出したのである。早雲は、一気に小田原城を落としてしまった。大勝利である。早雲は、嫡男北条氏綱を小田原城主に据え、新小田原城として拡張普請をする。当の早雲は、伊豆の韮山城を居とした。

一方、相模では太田道灌を亡くし、山内上杉家と扇谷上杉家に分かれて両上杉が相争っていた。永正九年（一五一二）、早雲はこの対立に乗じて、相模で大勢力を誇る上杉の与党・三浦道寸《どうすん》（義同《よしあつ》）の本拠地岡崎城（伊勢原市岡崎・無量寺付近）を攻撃した。

扇谷上杉定正の舅《しゅうと》の三浦道寸（義同）が、相模三浦氏の家督を奪還すると、太田資康（道灌の嫡男）も扇谷上杉家への復帰が許されて、新当主である上杉朝興《ともおき》に使えるようになった。

資康は、初め菅谷《すがや》城（埼玉県嵐山町）にいたが、長享の乱が終結した永正二年（一五〇五）ころに江戸城へと帰還した。

早雲の攻撃を受けた三浦道寸（義同）は、これは適せずと見て、弟道香《どうこう》の守る住吉《すみよし》城（逗子市）に退却し、抵抗を続けた。しかし道香は戦死した。道寸はさらに退却し、扇谷上杉家へ応援を要請する。

永正十年（一五一三）九月二十九日。援軍に向かった太田資康《すけやす》（太田道灌の嫡男）も北条勢に迎撃されて討死にする。資康の妻（正室）は、三浦道寸の娘が嫁いでいた。資康は、享年三十六歳の若さだった。

資康の次男の資高《すけたか》は、後に、祖父の道灌の恨みか扇谷上杉に不満を持ち、その宿敵に当たる北条氏と通じて扇谷上杉の居城を奪うこととなる。

三浦道寸・荒次郎父子は、三浦半島の新井城（別称・三崎城。神奈川県三浦半島の油壺《あぶらつぼ》）に籠城、北条軍はこれを包囲した。三方を海に面する天然の要害であり、三浦水軍の軍事力を背景に持つ新井城の守りは堅固《けんご》で、三浦父子は北条軍の攻撃を実に三年間にわたって迎えていたが、永正十三年（一五一六）、ついに落城し、家臣ともども討ち死にした。この戦いで鎌倉時代からの武門の名門であった三浦氏は滅亡した。

この落城の際、討ち死にした三浦家主従たちの遺体や、根切りされた三浦一族の遺体によって港一面が血に染まり、油を流したようになったことから、同地の語源俗解では油壷と名付けられたという。三浦市三崎に三浦道寸の墓が残る。早雲は、新井城攻撃のため鎌倉郡の玉縄《たまなわ》城(旧玉縄要害。鎌倉市城廻）を本格的に築いている。この戦いで早雲は、相模平定は完了したのである。

早雲は、伊豆で勃興し、北条氏の礎を築き、第二代氏綱の代から「北条」を名乗った。北条氏のことを後世の研究者が、すでに滅亡した鎌倉幕府（鎌倉時代）の歴代執権北条氏とは区別して、居城の名から「小田原北条氏」と呼ばれるようになった。または、「後《ご》北条氏」ともいう。

戦国時代の下剋上の代表格は、北条早雲であり、後に北条氏は戦国大名となった。

―早雲の後継者、北条氏綱も着実に関東への進出を企てる。

長尾為景《ためかげ》や長尾伊玄《いげん》を重用《ちょうよう》し、さらに氏綱は古河公方高基《たかもと》の子晴氏《はるうじ》（亀若丸）に娘を嫁がせ、同盟関係を結んでいる。上杉晴吉が没し、後継者に朝興《ともおき》がなった。

大永四年（一五二四）正月十三日、早雲の嫡男・第二代北条氏綱は、松田・大道寺《だいどうじ》・諏訪・橋本・荒川・遠山・富永を先陣とし、自身も伊豆と相模の軍卒、合わせ二万余騎を率い、南武蔵国の江戸城に向け進軍した。

扇谷の上杉朝興は、武蔵の国司であり、武蔵に居を構えていた。同家の武将太田源六郎資高《すけたか》（道灌の孫。道灌の嫡男資康の次男）と、同じく弟の源三郎、同じく源四郎も江戸城に詰めている。彼らは太田道灌の子孫で、代々上杉の重臣である。したがって、誠心誠意、忠義を尽くさなければならないのに、祖父道灌を上杉定正にあっけなく殺されたことにより、その怒りは代々続いていた。扇谷上杉を恨んで謀反心を抱き、朝興を追い落そうと企て、小田原にそのことを早馬で知らせた。

―太田資高（道灌の孫）は、扇谷上杉朝興《ともおき》から離反して北条氏綱に内応する。

朝興のもとに、上杉の御家人たちから絶え間なく急を告げてくる。

朝興は予期せぬ急変に、作戦会議も持てず、ただ手をこまぬいて敵を待ち受けるばかりで戦略もないにひとしい。

「急遽途中まで迎え撃ち、勝負を決するのがよい」

と、いうことになり、曾我兵庫頭を先陣として、本庄・小幡・大石・宇田川・毛呂・岡本将監がわれ先にと、品河（品川）や小杉辺りにも進出し待ち構えた。

そこで太田資高は、上杉方の品河に迫り、高輪原《たかなわはら》（東京都品川区高輪）で上杉朝興軍を粉砕し、江戸城攻略に尽くす。

暫くの間、江戸城外の各地で小田原勢と上杉勢の戦いが続いた。後方へ迂回した小田原勢は、三千余騎が渋谷（渋谷区）に回り、江戸へ押し寄せ太刀を振るって肉薄し押しつぶした。資高がかねて小田原勢に内通しており、手はず通りに小田原勢を城中に導いた。

そして、扇谷上杉氏の江戸城を、小田原勢に攻撃させ落城に導いた。

城内にいた資高は、北条氏綱方に内通していた通りに開門。一気に北条勢を引き入れて上杉勢を追い出し入れ替わった。

上杉勢は—。

「味方に裏切り者がいるぞ」と、言っているうちに、城中にもどることもせず、ことごとく敗走した。朝興はなす術もなく、北武蔵の石橋（埼玉県東松山市）へ落ちて行く。

上杉朝興は九死に一生を得て逃れ、やっとのことで河越城（川越市）に楯籠《たてこも》った。山内上杉憲房《のりふさ》は、鉢形城（埼玉県寄居町）に敗走していった。

上杉方の品河の宇田川和泉守や、毛呂太郎・岡本将監らが北条氏綱に降参した。

氏綱軍は、勝鬨《かちどき》をあげ、江戸城に入城し、討ち取った将兵の首実検をした。

―かくして北条氏綱（小田原城主・北条第二代当主）は、次の三氏を共に城代として任命した。本丸に富永四郎左衛門《さえもん》（政景《まさかげ》）。二の丸に遠山四郎兵衛《ひょうえ》（直景《なおかげ》）を。太田源六郎（資高）は殊勲者として三の丸（香月亭《かつきてい》）に居住させる。

北条氏綱は、小田原に凱旋した。小田原城は本城とし、江戸城は支城とした。

この太田源六兄弟は、北条家に付き、江戸城に留まることができた。この系譜を江戸太田氏と呼ぶようになった。香月亭の周りには、祖父太田道灌に見習い梅花数百本を植えた。

資高は、祖父道灌の悲劇、恨みをかかえ翻弄《ほんろう》したが、ここで主家の扇谷家打倒を考え、北条氏に内通し、命運が開けてきたのである。

太田資高は、江戸入城時、歳は二十六の若さ、後年には北条氏綱（第二代当主）の娘を妻とし、子に景資・資康・輝資が生まれたと伝えられている。太田道灌が暗殺されてから三十八年後、ここに道灌の孫資高は、時勢の流れに従い、小田原北条家の家臣となり、江戸入城を果たしたのである。

完

■太田道灌・略年表

【鎌倉時代前期】（一一八〇〜一二三〇年）
◎この年間に、上杉氏と太田氏との主従関係成立か。

【鎌倉時代中期】（一二三〇〜一二八〇年）
建長　四年（一二五二）◎二月。鎌倉幕府第五代将軍藤原頼嗣が辞職。執権北条時頼によって追放される。
◎四月。鎌倉幕府第六代将軍宗尊親王が京都から下向し就任する。
◎四月。上杉始祖・公家の上杉重房が、宗尊親王に従い京都から鎌倉に下向する。
◎その後、上杉重房、鎌倉に留まり武士として鎌倉幕府に仕える。
◎鎌倉釈迦如来像（鎌倉大仏）の造立が開始される（『吾妻鏡』に記述）。
文永　年間（一二六四〜七五）◎太田氏始祖＝太田資国、丹波国太田郷から相模国鎌倉に移る。
◎太田氏・資国＝資治─資兼─資益─資通─「資房─資清（道真）─資長（道灌）─資康」。

【鎌倉時代後期】（一二八〇〜一三三三年）
永仁　元年（一二九三）◎相模国。四月十三日。「永仁・鎌倉大地震（M7・0）」（理科年表。国立天文台編）。
建長寺など建造物の大半が多数倒壊炎上する。死者数千から二万三千余。余震多発する。
◎相模国。建長寺焼失の再建は、元から来日した一山一寧を第十世に任じ再興をはかる。
正和　元年（一三一二）◎相模国。太田資国死去（享年八十一歳）。
元弘　三年（一三三三）◎鎌倉幕府滅亡。新田義貞軍が鎌倉を攻撃、東勝寺合戦において北条高時ら一族自決。

【室町時代前期】（一三三三～一四二九年）【南北朝時代】（皇室が南北二つに分裂期一三三六～一三九二年）

延元　元年（一三三六）◎足利尊氏による光明天皇の践祚《せんそ》、後醍醐天皇の吉野転居、朝廷は南北に分裂。

暦応　元年（一三三八）◎京都。足利尊氏、光明天皇から征夷大将軍に任ぜられ、「室町幕府」は名実ともに成立。

貞和　五年（一三四九）◎相模国。鎌倉府、初代鎌倉公方に足利基氏が就任（初代将軍足利尊氏の四男）する。

正平　六年（一三五一）◎京都。足利義詮、室町幕府第二代将軍に就任。

貞治　六年（一三六七）◎相模国。鎌倉府、第二代鎌倉公方に足利氏満が就任（父・基氏の死去をうけ）する。

応安　元年（一三六八）◎京都。足利義満、室町幕府第三代将軍に就任。

元中　九年（一三九二）◎京都。皇室が合一する。「南北朝時代終結」。

応永　元年（一三九四）◎京都。足利義持、室町幕府第四代将軍に就任。

四年（一三九七）◎京都。足利義満、金閣寺（鹿苑寺）を建立し、「北山文化」が開花する。

五年（一三九八）◎相模国。鎌倉府、第三代鎌倉公方に足利満兼が就任（足利氏満の長男）。

十六年（一四〇九）◎相模国。鎌倉府、第四代鎌倉公方に足利持氏が就任（足利満兼の子）。

十八年（一四一一）◎相模国。太田資房の子「太田道真」（幼名・源六郎、実名・資清、法名・道真）生まれる。

二十三年（一四一六）◎相模国。「禅秀の乱」。山内憲基・足利持氏と上杉氏憲（禅秀）が戦う。

二十四年（一四一七）◎相模国。一月十日。禅秀は鎌倉雪ノ下で自害する。三カ月天下となる。

二七年（一四二〇）◎相模国。山内上杉憲実、鎌倉公方を補佐する関東管領に就任（越後守護上杉房方の三男）。

三十年（一四二三）◎京都。第五代将軍・足利義持が、将軍職を義量に譲る。

三十二年（一四二五）◎京都。第五代将軍代理・足利義持。義量早世により代理。

正長　元年（一四二八）◎京都。足利義持急死。籤引きで聖蓮院門跡義円（義教）が第六代将軍となる。

◎これに対し、足利持氏が不満の行動を起こす。

【室町時代中期】（一四二九～一四四六年）

永享　元年（一四二九）◎京都。足利義教、室町幕府第六代将軍に就任（第三代将軍足利義満の五男）。

永享　年間（一四二九～四一）◎京都、相模国。太田道真が上洛し、将軍足利義教より武蔵国与野郷・笹目郷を拝領。

永享　四年（一四三二）◎相模国。「**太田道灌**」鎌倉太田屋敷に生まれる。
（幼名・鶴千代丸、長じて持資、元服して資長、剃髪して道灌）。
◎備中国。伊勢新九郎宗瑞（のち北条早雲）、備中・高越山城主の次男として生まれる。

五年（一四三三）◎相模国。九月十六日。「永享・相模地震（M7・0）」が起る。（理科年表より）
（鎌倉社寺に被害甚大。江戸湾に注ぐ古利根川が逆流）。

十年（一四三八）◎京都・相模国。「永享の乱」。室町幕府、足利持氏を追放する。
◎関東管領山内上杉憲実、足利持氏を入間川にて破る。
◎相模国。鎌倉公方足利持氏、関東管領山内上杉憲実と対立する。
◎相模国。上杉持朝と同家宰太田道真は、山内上杉に協力する。
◎武蔵国・相模国。足利持氏は府中に陣を敷くが箱根にて敗北する。

十一年（一四三九）◎相模国。鎌倉公方足利持氏、関東管領上杉憲実に攻められ鎌倉永安寺で自害する。
（これにより鎌倉公方は一時断絶する）。
◎この乱で活躍した上杉持朝は、修理大夫に任ぜられ、相模国守護となる。
◎上杉持朝の一族は鎌倉扇谷に相模守護所居館を構える。扇谷上杉氏と呼ばれる。

◎相模国。持朝は相模国大住郡糟谷庄（神奈川県伊勢原市）に扇谷上杉館・糟屋館を構築。
◎下野国。足利荘五箇郷村。上杉憲実が足利学校（中世の高等教育機関＝足利市）を中興する。

十二年（一四四〇）◎常陸国。「結城合戦」（結城城＝茨城県結城市結城）。足利持氏を擁した結城氏朝、遺児安王丸・春王丸が決起する。これに対して室町幕府・上杉連合軍で結城城を囲む。
◎相模国。太田鶴千代（道灌。九歳）が鎌倉五山で勉学を始める。

嘉吉　元年（一四四一）◎常陸国。「結城城落城」。安王丸・春王丸美濃垂井（岐阜県不破郡）で殺される。
◎播磨・備前・美作国。「嘉吉の乱」。将軍義教が赤松満祐の屋敷で謀殺される。赤松満祐は山内持豊に攻められ敗北する。
◎上野国。山内家の家宰に長尾景仲（白井城主）就任。憲忠を執事にする。娘を太田道真の正室とする。
◎相模国。扇谷家は顕房（持朝の子）が家督を継ぎ、道真が家宰につく。

二年（一四四二）◎京都。足利義勝、室町幕府第七代将軍に就任（第六代将軍足利義教の長男）。
◎相模国。太田鶴千代（道灌）十一歳で学所から帰宅する。

【室町時代後期】（一四四六〜一五八二年）

文安　三年（一四四六）◎相模国。父道真と鶴千代、障子、屏風の逸話が残る。

四年（一四四七）◎四月二十一日。父・太田道真（資清）、上野国府村年行事大蔵坊に分国内通行保証。
◎相模国。太田鶴千代・元服（十六歳）して源九郎資長を名乗る。

宝徳　元年（一四四九）◎京都。足利義政、室町幕府第八代将軍に就任（父は足利義教）。
◎京都・相模国。足利持氏の遺児永寿王（成氏）が京都から鎌倉に入り、第五代鎌倉公方に。

二年（一四五〇）◎相模国。上杉持朝は隠居し、嫡子顕房が家督を継ぐ。
◎四月二十一日。「江ノ島合戦」起る。太田道真（資清）・長尾景仲は足利成氏軍を攻撃。
◎八月十日。室町幕府、足利成氏と上杉憲忠・長尾景仲・太田道真を和睦させる。

享徳　二年（一四五三）◎相模国。太田道灌、従五位上左衛門に任ぜられる（二十二歳）。
「**関東（関八州）に戦国時代始期説（仮説）**」「享徳の乱」を戦国時代遠因の説（一四五四年）

享徳　三年（一四五四）◎相模国・鎌倉。十二月二十七日。「享徳の乱」起こる。
関東管領上杉憲忠が鎌倉公方の足利成氏（のちの古河公方）に暗殺され大乱に発展する。
◎以後、関八州は享徳の乱で大乱となり、長期の戦乱となる。太田道灌が二十三歳のとき。
◎相模国。太田道灌の父・太田道真（資清）、関東管領家の補佐役になる。

康正　元年（一四五五）◎第五代鎌倉公方足利成氏、鎌倉から本拠地を下総古河に移し「初代古河公方」に就く。
（関東地方は、古利根川を挟み二つに分かれ、対立する）。
◎一月六日。道灌の父・太田道真、相模国糟屋（伊勢原市）・七沢城を出陣する。
◎島河原（平塚市）に進軍、足利成氏軍と戦い敗れ、伊豆国三島（静岡県三島市）に退く。
◎一月二十一日。扇谷上杉顕房・長尾景仲は上野から進軍し、武蔵国分倍河原・高幡で
足利成氏軍と戦って敗れる。
◎一月二十四日。上杉顕房、武蔵国多摩郡夜瀬もしくは由井で自害する。
◎四月二十三日。扇谷上杉持朝、伊豆国三島で足利成氏軍と戦い勝利する。
◎六月十六日、上杉持朝・駿河今川範忠の両氏、相模国に進軍し、鎌倉を占領する。
◎太田道灌（二十四歳）、相模守護代に就く（鎌倉の相模守護所居館）。

康正　二年（一四五六）◎大田道灌、太田家の家督を父・道真から譲り受ける。道灌は正五位左衛門太夫となる。
◎太田道真（四十五歳）は出家し、越生自得軒に隠居する。
◎扇谷上杉持朝、足利成氏との戦いで敗れ、河越に退く。
◎太田道真・道灌、上杉持朝を補佐し足利成氏対策として江戸城・河越城・岩付城の各城の着工を開始する。江戸城は古河公方の千葉氏へ対抗。
◎室町幕府、古河公方に対するため、京都より将軍の弟・足利正知が派遣されるが、箱根を越えられず、伊豆国堀越にとどまる（堀越公方と称す）。
◎七月。太田道灌（二十五歳の時）、初めて資料に見える。仮名源六を称す（称名寺文書）。
◎十月。上杉持朝、上総・下総国に侵攻する。
長禄　元年（一四五七）◎四月。江戸城・河越城・岩付城を築城する。
◎上杉持朝、太田道真・道灌父子は武蔵国河越城・江戸城を築く。
◎河越城には扇谷上杉持朝。江戸城には太田道灌が入城する。道灌（二十六歳）。
◎七月。太田道真、相模国三浦郡和田郷竜徳院の院主・院領交代について対処する。
◎足利政知、鎌倉公方として幕府から派遣されたが入れず堀越公方と称される。
長禄　三年（一四五九）◎十一月。太田道灌、正式に官途名左衛門太夫を称す。（二十八歳）。
寛正　二年（一四六一）◎太田道真、隠居し、道灌は家督を継ぐ（香蔵院珍祐記録）。道灌（三十歳）。
三年（一四六二）◎三月六日。第八代将軍足利義政、河越城主・扇谷上杉持朝の幕府からの離反・離脱風聞が生じ、堀越公方・足利政知、越後上杉房定に命じて、和解を周旋する。
◎第八代将軍足利義政、直接、扇谷上杉持朝にも書を出す。

　　五年（一四六四）◎伊勢神宮。相模国。八月九日。皇太神宮祢宣荒木田氏経（伊勢神宮の祠官）は、太田道灌に相模国大庭御厨《みくりや》からの役米上納に尽力を求める。（道灌三十三歳）。
　　◎大庭御厨（藤沢市南部・茅ヶ崎市）にあった。相模最大の御厨（伊勢神宮領）。
寛正　六年（一四六五）◎伊勢神宮。相模国。太田道灌は皇太神宮祢宣荒木田氏経から、相模国大庭御厨の所領回復を求められる。
　　◎第八代将軍足利義政、公方足利政知への内書で、扇谷上杉持朝の領地を復す。
　　◎扇谷上杉持朝、足利成氏と太田庄（埼玉県熊谷市）で戦う。上杉教房が戦死する。
文正　元年（一四六六）◎二月十二日。山内上杉当主上杉房顕、足利成氏と戦い、武蔵国五十子の陣中で没す。
　　◎上杉持朝・長尾景信、越後上杉房定の二男顕定が山内上杉を継ぐ。次いで幕府は顕定に房顕の跡を継がせる。
　　「戦国時代始期説Ⅰ」（戦国時代・前期）応仁の乱勃発を始期とする従来の説（一四六七年）
応仁　元年（一四六七）◎京都。「応仁の乱勃発」第八代将軍足利義政の後継者問題に端を発し、内乱が続く。
　　◎上杉顕定、関東管領になる。
　　◎九月七日。扇谷上杉持朝、河越城で死去。顕房の子上杉政真が家督を継ぎ河越城主に。
文明　元年（一四六九）◎一月二十六日。皇大神宮祢宣荒木田氏経、太田道真・道灌父子に相模国大庭・武蔵国飯倉の御厨の所領回復を請う。
文明　二年（一四七〇）◎一月十日。太田道真、宗祇・心敬らを河越に招き、連歌会を催す（河越千句）。
　　◎この年。太田道灌、根津神社の社殿を奉建する。
文明　三年（一四七一）◎四月から。山内・扇谷上杉方は、総勢三千騎で古河公方方に大攻勢をかける。

◎五月二十三日。扇谷上杉家の太田道灌・資忠の軍勢下野にて足利成氏方佐野盛綱を降す。
◎この日。道灌、下野国から上野国に入り、館林城を落し舞木城に攻める。道灌（四十歳）。
◎六月十六日。太田道灌、相模国報国寺領に夫丸（人夫）を負担させたことが問題になる。
◎七月二日。第八代将軍足利義政、扇谷上杉政真及び太田道真に内書を与え戦功を賞する。
◎この年。太田道真・道灌は入間郡越生（おごせ）の龍穏寺を再興する。
◎古河公方足利成氏が、小山氏、結城氏らを率いて伊豆国の堀越公方攻めに向かうがこれを撃退し、さらに古河城を落とす。
◎上杉（山内・扇谷）軍、伊豆国の三島で成氏軍に勝利する。
◎太田道灌らは、館林城を攻撃する。

文明　四年（一四七二）◎太田道灌、古河公方足利成氏に、古河城を奪回される。

文明　五年（一四七三）◎京都。足利義尚、室町幕府第九代将軍に就任。
◎六月二十三日。長尾景信、下総に攻入り足利軍と対峙、武蔵国五十子で陣没する。
◎関東管領家の家宰・長尾景信の死後、後継者問題が起る。家宰職は景信の弟・忠景が継ぐ。これに不満を抱いた景信の嫡男・景春が主君顕定に対して叛乱を起こす。
◎十一月二十四日。河越城主扇谷上杉政真、足利成氏と武蔵五十子で戦い敗死する。
◎扇谷上杉政真の死去に伴い持朝の五男定正を家督に迎え、扇谷上杉定正が河越城主。
◎太田道灌、五十子に向かう途中、小川で長尾景春と面談。山内上杉攻撃の武力蜂起構想について景春側の味方依頼を受けるが、道灌はこれを断る。

文明　六年（一四七四）◎太田道灌（四三歳）、江戸城で萬里集九らを招き歌合会を催す（武州江戸歌合）。

文明　八年（一四七六）◎「長尾景春の乱（一四七六〜一四八〇年）」。関東管領山内上杉氏の家臣長尾景春が叛乱。
◎関東管領上杉顕定、弟忠景を家宰に任ずる。
◎三月。太田道灌、今川氏の内紛鎮定のため駿河に出陣。途中、相模の糟屋で準備する。
◎六月。長尾景春、以前から鉢形城を築き、五十子陣から同城に移る。
◎六月。景春、道灌駿河出陣の留守中に、兵二・三千で山内上杉顕定の五十子陣を襲う。
◎六月。太田道灌、相模糟屋（伊勢原市）で軍勢を整え、足柄峠を越え駿河に向かう。
◎九月。太田道灌、今川氏の内紛問題、今川方の北条早雲の調停案に賛成し、決着。
◎九月中旬。太田道灌、駿河から帰国の途に着き、途中、伊豆の堀越公方に報告する。
◎九月中旬。太田道灌、伊豆国を見分する。
◎十月末。太田道灌、途中、相模糟屋に立ち寄り、江戸城に帰陣する。
◎この年。太田道灌（四十五歳）の嫡子・資康が生れる。
◎太田道灌、江戸に青松寺を建立し、雲岡舜徳を住持とする。
◎太田道灌、京都の詩僧に江戸城静勝軒の詩文作成を依頼する。

文明　九年（一四七七）◎一月。「応仁の乱沈静化」。室町幕府弱体化、以後各地の権力者が独自に動き混乱化する。
◎一月。「長尾景春の乱・本格化」。長尾景春を始め、その傍輩・被官人達が各地で蜂起す。
◎一月十八日。長尾景春、関東管領山内上杉顕定・扇谷上杉定正・同家宰太田道真等の五十子陣を、再び襲う。上杉勢の顕定らは上野国に逃れ、上州河内城に退く。
◎一月。太田道灌、上州の陣を退き、河越に帰陣。その直後、結城氏にその結果を報ぜる。
◎三月初旬。長尾景春に与した豊嶋泰経・同泰明は、石神井・練馬両城を築き、江戸城と河越の連絡を絶つ戦略に出る。
◎三月。太田道灌、道灌の弟太田資忠、上田上野介に河越城を守らせる。
◎三月十四日。道灌、豊嶋氏の籠る石神井・練馬の両城に夜襲を画策、大雨で止める。
◎三月十八日。太田道灌軍、長尾景春に味方する相模の溝呂木城（厚木市）・小磯城（大磯町）を攻撃し落とす。次いで、小沢城（愛川町）を攻撃、落とす。
◎四月十日。景春の被官矢野兵庫助、河越城を攻めにかかるが道灌の弟資忠が勝原で迎撃。
◎四月十三日。太田道灌、江戸城を進発、豊嶋泰明の練馬城を攻撃する。
◎十四日。道灌、石神井城主豊嶋泰経と練馬城主同泰明を誘き出し、江古田原・沼袋原で合戦となる。弟の豊嶋泰明を討ち取る。兄の泰経、石神井城へ敗走。
◎四月十八日。道灌、豊嶋泰経の石神井城を攻撃し陥落。泰経、闇夜に紛れて逃亡した。
◎四月下旬。太田道灌、石神井城を陥落させ、江戸城と河越城の連絡を回復させる。
◎五月十三日。太田道灌、山内上杉顕定・扇谷上杉定正を迎えに上野へ。両上杉を五十子陣に復帰させる。道灌、景春を用土原（埼玉県大里郡寄居町用土）に誘き出し衝突する。
◎五月十四日。太田道灌、長尾景春と武蔵国用土原で戦い圧倒的勝利する。
◎七月。古河公方足利成氏、長尾景春救援のため、下野国古河より上野国に出陣する。このため上杉顕定・太田道灌等、上野国白井城（渋川市。旧子持村）に出陣する。
◎九月二十七日。上杉軍は白井城を出陣し片貝に進む。太田道灌、荒巻・引田に進軍する。
◎十一月十一日。京の応仁の乱、終結する。
◎十一月十四日。長尾景春、上野塩売原に在陣する太田道灌と対陣するが、この日後退。

文明　十年（一四七八）

◎十二月二十三日。足利成氏、上野国広馬場に布陣する。

◎十二月二十七日。上杉軍、広馬場に布陣し足利成氏と退陣する。

◎一月一日。上杉方は足利成氏に和睦を申し入れる。

◎一月二日。上杉方と足利成氏の和睦が成立する。

◎一月四日。足利方は前線から退陣する。

◎一月二十四日。扇谷上杉定正・太田道真、太田道灌と共に上野国より河越城に帰陣する。

◎一月二十五日。太田道灌、豊嶋泰経を武蔵国平塚城に攻めようとして、河越城を出て膝折に出陣する。豊嶋氏は退いて武蔵国丸子城、さらに武蔵国小机城に拠る。

◎長尾景春に味方した豊嶋氏が小机城に籠る。道灌、小机城（横浜市）を攻撃する。

◎二月六日。太田道灌、小机城近く亀之甲山陣（鶴見川・亀の甲橋付近）まで進撃する。

◎二月七日。長尾景春、小机城救援のため、成田陣から板屋に出陣。

◎三月十日。長尾景春、武蔵羽生峰に在陣する。

◎三月十日。上杉定正、河越城を出陣し、長尾景春の浅羽陣を攻める。

◎三月十二日。太田道灌、円覚寺黄梅院が在陣の見舞いとして抹茶を送ったことを謝す。

◎三月十九日。太田道灌、弟資忠を羽生峰の上杉定正の陣に援軍として差し向ける。

◎三月二十日。上杉定正、太田資忠とともに長尾景春・千葉孝胤を羽生に攻める。

◎四月十日。太田道灌、小机城を攻略。宝生寺が在陣見舞い巻数一枚を送ったことを謝す。

◎四月十四日。太田道灌、相模国奥三保に退いた長尾景春方を追い、弟資忠らを派遣する。

◎四月十五日。太田道灌、武蔵国村山陣を出陣して、相模国奥三保・甲斐国へ進軍する。

◎六月二十五日。太田道灌。三芳野の天神社及び仙波三王社を勧請し、江戸城内に天神社及び山王社を設立すると伝える。
◎七月上旬。太田道灌、河越城を出陣して武蔵国内、井草（埼玉県川島町）に進軍する。
◎七月。太田道灌、金山城（太田市）を訪城。松陰西堂と兵書について雑談、三日間滞在。
◎七月十三日。太田道灌、武蔵国青鳥城（東松山市）に進軍する。
◎七月十七日。太田道灌、鉢形城と成田陣の間に進軍。足利成氏、長尾景春に攻撃を要請。
◎七月十八日。太田道灌、長尾景春の陣所を攻め、後退させる。鉢形城も落城する。
◎七月二十三日。古河公方足利成氏、利根川を越えて古河城に帰る。
◎八月十六日。太田道灌、上野岩松氏の家臣沼尻但馬守に近く下総千葉輔胤を攻撃と連絡。
◎十二月十日。太田道灌、下野千葉孝胤を討つべく国府台（市川市）より境根原（柏市）に向かい合戦する。孝胤、下総臼井城に籠る。千葉氏一族に多数の戦死者、道灌大勝利。
◎十二月十七日。太田道灌、円覚寺黄梅院の音信に答え、境根原合戦の様子を報ずる。
◎古河公方足利成氏、京の室町幕府第八代将軍足利義政に和睦を申し入れる。

文明十一年（一四七九）
◎一月十八日。太田道灌（四十八歳）、千葉孝胤を臼井城に攻める。
◎三月二十一日。太田道真、円覚寺黄梅院領相模国北深沢の作人市川亀寿丸を改易する。
◎七月五日。太田道灌、下野海上師胤・上野武田清嗣・同上野介らを降服させる。
◎七月十五日。太田資忠、臼井城に先陣をなし臼井城は落城させたが、資忠も戦死する。
◎十一月二十六日。太田道灌、長尾景春方の長井城を攻めるため江戸城を出陣する。
◎十一月二十九日。太田道灌、成田正等の武蔵国忍城救援のため久下に着陣する。

文明十二年（一四八〇）

◎この年。長尾景春の嫡子景英が生まれる。母は沼田泰輝の妹という。
◎一月四日。長尾景春、ふたたび、武蔵国児玉郡で蜂起し児玉、越生に出陣するが、龍穏寺に参詣中の太田道真に撃退される。
◎一月六日。長尾景春、武蔵国塚田に進軍。扇谷上杉定正は、河越城を出陣して同国大谷に布陣する。
◎太田道灌、軍勢を率いて大谷の定正と合流し、軍議を開いた。
◎一月十三日。上杉定正、太田道灌は武蔵国沓懸に進軍する。長尾景春は後退する。
◎一月二十日。秩父の長尾景春、武蔵国越生に進軍する。太田道灌の父・道真は長尾景春を破る。さらに道灌は長井城（熊谷市西城）を落とす。
◎二月六日。長尾景春、西谷右馬助に書状を出し、長井要害への上杉方の攻撃を二度、撃退したと報ず。
◎五月十三日。山内上杉顕定、長尾景春攻略のため武蔵国秩父郡に進軍する。
◎長尾景春、息子妻女二十七人を秩父黒谷の瑞岩寺および長尾城に隠棲させた。
◎長尾景春、秩父高松の高松城に従者と共に楯籠る。
◎長尾景春、牛首峠の日尾城に移り、楯籠り、逃亡し塩沢城へ移動する。
◎六月十三日。太田道灌、長尾景春を追い進軍、塩沢城の長尾景春を包囲し落城さす。
◎六月二十四日。太田道灌、長尾景春の最後の拠点・籠城する秩父の日野城を攻略し降伏させる。この時、長尾景春が逃亡し秩父から没落する。
◎長尾景春、古河の足利成氏のところに亡命する。

◎太田道灌、日野城の最終決戦で、遂に長尾景春の乱を平定する。
◎十一月十八日。太田道灌、上杉顕定の臣高瀬民部少輔に書状送付意見及び不満を述べる。

文明十三年（一四八一）◎三月。上杉房定、足利成氏からの書状と合わせ、和睦工作を京に使者を遣わした。
◎和睦工作に係わったのは、上杉房定、成氏に亡命していた長尾景春、結城氏広。
◎七月十九日。京都。細川政国、受け取った書状をまとめて室町幕府に進上する。
◎長尾景春、戦いに敗れ、自身の立場をなんとか認めてもらうため買って出た。

文明十四年（一四八二）◎十一月月二十七日。室町幕府と古河公方足利成氏の和睦が成立する。これを「都鄙《とひ》の合体」という。足利成氏、室町幕府から罷免された。
◎都鄙合体と長尾景春の没落によって、三十年におよんだ関八州（関東）の騒乱は治まる。
◎太田道灌、長尾景春の乱を平定により、幕府と古河公方との和議を成立させる。
◎長尾景春、さらに没落する。この年、太田道灌は五十一歳。
◎扇谷上杉定正、山内家主導で進めたこの和睦に不満あり、定正と山内憲定は不仲となる。
◎太田道灌、乱の平定に活躍した道灌の声望は、絶大なものとなり、定正の猜疑を生む。

文明十五年（一四八三）◎六月。古河公方足利成氏、長らく足利と上杉との戦い、二十八年の歳月を経て、室町幕府などから汚名返上が実現した。
◎下総・上総国の千葉氏方が和睦に反対し、再び戦いとなった。
◎十月五日。太田道灌、上総長南城を攻略する。

文明十六年（一四八四）◎五月十五日。太田道灌、下総馬橋城を築く。道灌（五十三歳）。
◎九月二日。太田道灌方の上総真里谷武田清嗣が武蔵国六浦から帰国する。

文明十七年（一四八五）

◎この年。太田資家（道灌の弟六郎の子）の子資頼が生まれる。
◎八月二十二日。江戸城で事件があり、佐久間氏らが討死する。
◎九月七日。萬里集九、太田道灌の招きにより美濃鵜沼を発ち、東遊の途につく。
◎十月二日。太田道灌、萬里集九を江戸城に招き、集九に客舎を建て梅花無尽蔵と号する。
◎十月三日、太田道灌、萬里集九と面会する。
◎十月九日。太田道灌、上杉定正を迎え、萬里集九歓迎の宴を張る。席上道灌が舞う。
◎十月十四日。太田道灌、江戸城静勝軒で歌会を催す。
◎十二月五日。道灌の嫡男太田資康が江戸城の西側の平河天満宮で元服する。
◎この頃。太田資康（道灌の嫡男）、父道灌と主君扇谷上杉定正との関係が不穏であったことから、定正と対立する古河城の古河公方足利成氏に預けられた。

文明十八年（一四八六）

◎五月。太田道灌夫人、紀伊国・熊野神社に参詣する。
◎六月初旬。太田道灌、下総に進軍する。
◎六月十日、太田道灌、萬里集九とともに、越生に赴き、父太田道真の和歌会に参加する。
◎陰暦七月二十六日・陽暦八月二十五日。相模国守護職扇谷上杉定正、部下であり家宰の太田道灌を相模糟屋館（神奈川県伊勢原市）に招いて殺害（暗殺）する。享年五十五歳。
◎太田道灌、死に際に「当方滅亡！」（自分がいなくなれば、扇谷上杉家は、未来はない、という意味）と、うめいたという。
◎謀殺の理由として上杉定正は、「上杉定正消息」で家政を独占する太田道灌に対して家臣たちが不満を抱き、道灌が山内上杉憲定に逆心を抱いたためと語っている。

◎実際は、家中での太田道灌の力が強くなりすぎ、定正が恐れたとも。扇谷家の力を弱めようとする山内憲定の策略に定正が乗ってしまったともいわれる。
◎太田道灌の遺髪を太平山地蔵堂に埋葬して、香月院殿春苑道灌大居士と諡（おくりな）した。（曹洞宗太平山芳林寺由緒）。
◎太田道灌謀殺により、道灌の子・太田資康をはじめ多くの家臣が扇谷家を離反し山内上杉憲定の元に走り、扇谷上杉定正は苦境に立つ。
◎太田道灌の軍配者（軍師）の斎藤加賀守のみは、定正の元に残る。定正は喜び重用する。
◎定正は河越城に曽我兵庫頭を置く。資康は江戸城を出て、甲斐へ逃れる。
◎八月十日。太田道灌二十七日の忌日。萬里集九は祭文を捧げ道灌を弔う。
◎十月二十日。上杉顕定、惣社長尾顕忠ら上野国に在陣。
◎十月二十三日。萬里集九、鎌倉に赴く。

長享　元年（一四八七）
◎山内家と扇谷家は決裂する。「長享の乱」と呼ばれる両上杉家の抗争に、翌年突入する。
◎没落した長尾景春、扇谷家に味方して、再び山内家と戦うことになる。
◎閏十一月。上杉定昌、下野勧農城を攻める。
◎北条早雲、駿河今川氏に仕える。興国寺城主となる。嫡男北条氏綱が生まれる。

長享　二年（一四八八）
◎山内上杉家と扇谷上杉家に緊張が走り山内上杉憲定の攻撃によって戦端が開かれた。
これより長享の乱がおこる。
◎二月五日。武蔵国実蒔原の戦い起こる。
◎三月二十四日。上杉定昌、上野白井城で自害する。

◎六月十八日。上杉顕定と上杉定正、武蔵須賀谷で戦う。
◎七月二十六日。太田道灌の三回忌。萬里集九は供養し焼香の詩を作る。
◎八月三日。太田道真が死去する。
◎八月十六日。萬里集九、越生に入る。
◎八月十七日。萬里集九、平沢寺で太田資康を菅谷の陣中に訪ねる。
◎九月二十五日。太田資康、平沢寺の鎮守白山嗣に歌会を行う。
◎九月二十六日。萬里集九、平沢寺を出て、鉢形に赴く。
◎十一月十五日。上杉顕定と上杉定正、武蔵高見原で戦う。

長享　三年（一四八九）◎足利義政、室町幕府第九代将軍代理となる。義尚早世に伴う将軍代理。

延徳　二年（一四九〇）◎足利義材、室町幕府第十代将軍就任。
◎足利義政、銀閣寺（慈照寺）建立。「東山文化」を代表する建築と庭園を有する。

延徳　三年（一四九一）◎北条早雲。伊豆国（静岡県東部）を占領する。
◎四月三日。足利政知が死去する。
◎七月一日。足利茶々丸、継母と弟を殺害する。
「**戦国時代始期説Ⅱ**」「明応の政変」を始期とする近年の有力説（一四九三年）。

明応　二年（一四九三）◎京都。中央政権としての幕府体制が完全に瓦解し、「明応の政変」が起こる。
◎守護大名の細川政元、将軍家を襲い下克上の風潮が全国化・常態化する。
◎伊豆国。北条早雲、「伊豆の乱」、伊豆国の堀越公方を滅ぼす。下克上の幕開けとなる。

三年（一四九四）◎京都。足利義澄、室町幕府第十一代将軍に就任。

四年（一四九五）◎旧・小田原城主大森氏頼、死去する。
◎北条早雲、大森藤頼の居城・旧・小田原城を攻略する。
七年（一四九八）◎北条早雲、旧・小田原城の大森藤頼を攻略する。
◎足利茶々丸が切腹し、堀越公方が滅亡。北条早雲、伊豆国の平定が完了する。
◎太田資康の次男として、太田資高が生まれる。
永正　五年（一五〇八）◎足利義稙、室町幕府（再）第十代将軍に就任。

十年（一五一三）◎太田資康（太田道灌の嫡男）、北条勢に迎撃され討死。享年三十六歳。

十三年（一五一六）◎北条早雲、「相模地方を統一」。相模の三崎城・三浦義同を滅亡させる。

十五年（一五一八）◎十月。北条氏綱が家督を継ぎ、北条氏第二代当主。小田原城主となる。

十六年（一五一九）◎八月十五日。伊豆・相模国の北条早雲、伊豆の韮山城で死去。享年八十八歳。

大永　元年（一五二一）◎足利義晴、室町幕府第十二代将軍に就任。

四年（一五二四）◎北条氏綱（北条氏第二代）、扇谷上杉朝興の江戸城を攻め手中に収める。武蔵・上野・下野の進出拠点とする。小田原城（本城）の支城とする。
◎江戸城代には三氏、富永政景（北条家臣）・二の丸に遠山直景・三の丸の香月亭には太田資高が配置された。
◎太田資高（太田道灌の孫・二十六歳）、北条の家臣として江戸城に入城を果たす。
――本書は、ここで完了す――

天文　三年（一五三四）◎尾張国。「信長、誕生」。織田信秀の嫡男、尾張勝幡城で吉法師（信長）が生まれる。

六年（一五三七）◎尾張国。「秀吉、誕生」。尾張国愛智郡中村の百姓の子供として生まれる。

十年（一五四一）◎七月十九日。小田原城の第二代当主北条氏綱没す。氏康が家督を継ぐ。
◎北条氏康、小田原城の北条氏第三代当主となる。
十一年（一五四二）◎三河国。「家康、誕生」。松平広忠の嫡男、三河岡崎城で竹千代（家康）が生まれる。

十二年（一五四三）◎ポルトガル人が種子島に漂着、鉄砲を伝える。

十四年（一五四五）◎北条氏康、扇谷・山内両上杉軍・足利軍を奇襲にて撃破する（河越夜戦）。

十五年（一五四六）◎京都。足利義輝、室町幕府第十三代将軍に就任。
◎尾張国。織田信長、元服して、織田三郎信長と名乗る。
十六年（一五四七）◎織田信長、今川領の三河吉良へ初陣する。

十八年（一五四九）◎ザビエルが来日、キリスト教を伝える。

二十一年（一五五二）◎北条氏康、関東管領上杉憲政を越後に追い、関東を制覇する。

永禄　二年（一五五九）◎織田信長、尾張国を統一、尾張の国主となる。

三年（一五六〇）◎織田信長、「桶狭間の戦い」。今川義元が上洛を開始、その途上を急襲して討つ。

■主な参考史料・文献（順不同）

○太田道灌著『太田道灌状』（太田道灌が山内上杉氏の家臣・高瀬民部少輔に提出した書状、一四八〇年）○萬里集九著『梅花無尽蔵（詩文集）』（作品最後の年記は文亀二年・一五〇二年三月）○上野国新田家顧問僧松陰著『松陰私語』（十五世紀後半の享徳の乱・回想録）○黒田基樹著『「図説」太田道灌』（戎光祥出版、二〇〇九年　○黒田基樹著『戦国期東国の大名と国衆』（岩田書院、二〇〇一年）○黒田基樹著『扇谷上杉氏と太田道灌』（岩田書院、二〇〇四年）○練馬郷土史研究会編『太田安房守資武状』（郷土研究史料。一九五八年六月）○勝守すみ著『太田道灌』（人物往来社、一九六六年）○江田郁夫『室町幕府東国支配の研究』（高志書院、二〇〇八年）○菊池山哉著・塩見鮮一郎解説『五百年前の東京』（批評社）

○小川剛生著『武士はなぜ歌を詠むか』（角川選書、二〇〇八年）○鈴木理生著『江戸はこうして造られた』（筑摩書房）○阿部能久著『戦国期関東公方の研究』（思文閣出版、二〇〇六年）稲垣泰彦著『日本中世の社会と民衆』（三省堂、一九八四年）○勝守すみ著『長尾氏の研究』（名著出版、一九七八年）○小林晋著『足利成氏と太田道灌』（一九九三年）○佐藤博信著『古河公方足利氏の研究』（校倉書房、一九八九年）○湯山学著『鎌倉府の研究』（岩田書院、二〇一一年）○市村高男著『戦国期東国の都市と権力』（思文閣出版、一九九四年）

○湯山学著『関東上杉氏の研究』（岩田書院、二〇〇九年）

○前島康彦著『太田氏の研究』（名著出版、一九七八年）○黒田基樹著『戦国大名領国の支配構造』（岩田書院、一九九七年）○黒田基樹著『戦国北条一族』（新人物往来社、二〇〇五年）○佐藤博信著『古河公方足利氏の研究』（校倉書房、一九八九年）○佐藤博信著『中世東国の支配構造』（思文閣出版、一九八九年）○佐藤博信『続中世東国の支配構造』（思文閣出版、一九九六年）○山田邦明『鎌倉府と関東』（校倉書房、一九九五年）○東京都千代田区『新編千代田区史・通史資料編』（一九九八年）○東京都千代田区『新編千代田区史・通史編』（一九九八年）○東京都北区『北区史・資料編古代中世1・2』（一九九四・九五年）○東京都北区『北区史・通史編中世』（一九九六年）

○県史一三『東京都の歴史』（山川出版社）○県史一四『神奈川県の歴史』（山川出版社）○県史一一『埼玉県の歴史』（山川出版社）○県史一〇『群馬県の歴史』（山川出版社）○県史一二『千葉県の歴史』（山川出版社）○県史八『茨城県の歴史』（山川出版社）○童門冬二著『小説太田道灌』（PHP文庫、一九九四年）○大栗丹後著『小説太田道灌—江戸を都にした男』（栄光出版社、二〇〇二年）○小泉功著『太田道真と道灌』（幹書房、二〇〇七年）○高橋伸和著『鎌倉・横浜—歴史を愉しむ！』（西東社、二〇一四年）○『超詳細鎌倉さんぽ地図』（昭文社、二〇一五年）○山田邦明著『日本史のなかの戦国時代』（山川出版社、二〇一三年）

○埼玉県『埼玉県史　通史編2中世』（一九八八年）○埼玉県『埼玉県史　資料編6中世2』（一九八五年）○埼玉県『埼玉県史　資料編8中世4記録2』（一九八六年）○埼玉県『武蔵国郡村史』（一九五四年）○梅沢太久夫著『中世北武蔵の城』（岩田書院、二〇〇三年）○『新編武蔵風土記稿』（雄山閣、一九八一年）○『角川日本地名大辞典十一、埼玉県』（角川書店、一九八〇年）○『荒川村史』（荒川村、一九八三年）○『荒川村の民話と伝説』（旧荒川村・現秩父市、一九九二年）○『皆野町史　通史編』（皆野町、一九八八年）○山崎一著『群馬県古城塁址の研究』（群馬県文化事業振興会、一九七一―一九七二年）○『渋川市誌　古代・中世・近世資料編5』（渋川市歴史資料編）○『前橋市史　古代・中世・近世　第6巻資料編1』（前橋市）○『藤岡市史　古代　中世　資料編』（藤岡市）

○湯山学著『中世伊勢原をめぐる武士たち』（伊勢原市教育委員会、一九九一年）○伊勢原市教育委員会『史跡と文化財のまち・いせはら』（二〇〇一年）○荒川村郷土研究会『長尾景春と熊倉城』（一九八二年）を、後に『長尾景春』（戎光祥出版、二〇〇九年）に収録）○歴代の鎌倉・古河公方を中心とした関東地方の歴史書・軍記物『鎌倉大草紙』○『相州文書』○『今川記』○『北条五代記』○佐脇栄智著『後北条氏と領国経営』（吉川弘文館、一九九七年）○『鎌倉管領九代記』○『太田家譜』○『北条盛衰記』○『小田原記』○『円覚寺文書』○『夢跡集』（道灌山又は新堀山・日暮里など）○『江戸記聞』○荒川村郷土研究会編『長尾景春と熊倉城（日野城）』荒川村役場

○『本庄市史』○『本庄歴史鑑』○『本庄人物事典』○『武蔵国児玉郡誌』○『武蔵武士　そのロマンと栄光』○『武蔵鑑』（後世に書き写された書）○斎藤慎一著『太田道灌と江戸城』（平成十九年度都市歴史研究室シンポジュウム「太田道灌と城館の戦国時代」（配布資料、二〇〇八年）○太田道灌公墓前祭実行委員会編『太田道灌』（一九九六年・二〇〇六年）○佐脇栄知校注『小田原衆所領役帳』（戦国遺書文後北条氏編別巻）（東京堂出版）○江西悦志子原著・岸正尚訳『小田原北条記上・下（原本現代訳）』（ニュートンプレス）○鈴木良一著『後北条氏』（有隣堂新書）○外川淳編著『戦国時代用語辞典』（学習研究社）○山下治久著『北条早雲と家臣団』（有隣新書、一九九九年）○加藤美勝著『戦国北条記』（知道出版）○夢の設計社企画・編集『地名から歴史を読む方法』（河出書房新社）○図詳ガッケン・エリア教科事典『1・日本史』（学研）○『鶴岡諸記録』

○筆者加藤美勝『関東の中世・取材調査記録』（未発表）。

■主な絵図画像・提供協力者一覧

○『太田道灌像』（寛政八年・一七九六年作。道灌の子孫・太田資順武者姿絵。大慈寺蔵・普済寺保管・伊勢原市）

○『太田道灌の江戸城復元図』（図版西ヶ谷恭弘著・香川元太郎画『復元図譜日本の城』より）。

他に本文の図版毎に記載。

■首都圏の太田道灌銅像・現況建立地一覧

①太田道灌の銅像・東京都千代田区東京国際フォーラム（旧東京都庁前より移転）。②「山吹の里」の道灌像・東京都新宿中央公園。③道灌の騎馬像・JR日暮里駅前。④道灌の騎馬像・埼玉県さいたま市岩槻区芳林寺。⑤道灌の銅像・神奈川県伊勢原市役所内・「当方滅亡」で有名な道灌最期の土地柄。⑥道灌の銅像・埼玉県岩槻市役所内。⑦道灌の銅像・埼玉県川越市役所内。⑧道灌の銅像・埼玉県越生町龍穏寺（父・太田道真の菩提寺）。⑨道灌の銅像・静岡県東伊豆町奈良本・熱川温泉地内。

【付記】太田道灌の銅像は、都県に十一体有る。

①東京都三体　②埼玉県五体　③神奈川県一体　④静岡県一体　⑤長野県一体

著者略歴

加藤 美勝（かとう よしかつ）

1935年宮城県生まれ。山形大学卒業後、東北大学工学研究科聴講研究生。三菱地所株式会社本社入社、建築設計監理。同社退社後、著述や講演など幅広いジャンルで活躍、作家。近著に戦国歴史長編『小説 天下人秀吉』—本能寺の変報、西国・関東・奥羽の戦記がある。

主な著書として戦国歴史長編『小説 戦国北条記』—伊豆箱根天嶮・関八州の王者（小説デビュー作）。一般書『団塊力で本を出そう』((社)日本図書館協会の選定図書)。東日本大震災を取材、科学書『最新地震津波総覧』—地球科学に迫る防災対策書。理工書『現代建築設備設計法の潮流』などがある。

カバーデザイン：長沼辰雄

小 説《しょうせつ》 太田道灌《おおたどうかん》の戦国決戦《せんごくけっせん》－江戸城《えどじょう》を築城《ちくじょう》・関八州平定《かんはっしゅうへいてい》始末記《しまつき》

2017年 4月18日　初版第1刷発行
2017年 5月18日　　　第2刷発行

著　者　加藤美勝
発行者　鎌田順雄
発行所　知道出版
〒101-0051 東京都千代田区神田神保町1-7-3 三光堂ビル4F
TEL 03-5282-3185 FAX 03-5282-3186
http://www.chido.co.jp
印　刷　モリモト印刷

ISBN978-4-88664-292-9